LA VÉRITÉ SUR ALICE

L'Auteur :

Jennifer Mathieu enseigne l'anglais à Houston, au Texas, où elle vit avec son mari et leur fils. Personne n'a jamais rien écrit sur elle sur les murs des toilettes de son lycée – du moins, pas qu'elle sache. Vous pouvez la suivre sur Twitter : @JenMathieu.

JENNIFER MATHIEU

LA VÉRITÉ SUR ALICE

Traduit de l'américain
par Cécile Tasson

POCKET JEUNESSE
PKJ·

Titre original : *The Truth about Alice*

Collection « Territoires » dirigée
par Pauline Mardoc

Loi nº 49956 du 16 juillet 1949 sur les publications
destinées à la jeunesse : février 2016.

ISBN : 978-2-266-26278-1

À toutes les Alice Franklin

ELAINE

Moi, c'est Elaine O'Dea, et j'ai deux choses incroyables à vous raconter :

1. L'été dernier, juste avant qu'on rentre en première, Alice Franklin a couché avec deux mecs d'affilée sous *mon* toit. Elle s'est tapé le premier et genre… cinq minutes après, *paf!* l'autre. Sérieux. Tout le monde est au courant.

2. Il y a deux semaines, juste après le bal de promo, un des deux mecs, Brandon Fitzsimmons (un type hyper populaire ; lui et moi on se connaissait très… *intimement*, si vous voyez ce que je veux dire) est mort dans un accident de voiture. C'est la faute d'Alice. Tout le monde le sait aussi.

Le deuxième, c'est un étudiant, Tommy Cray… un ancien de Healy High. Mais je crois qu'avant de parler des garçons, il faut que je vous en dise plus sur Alice.

C'est bizarre. Alice Franklin, c'est pas un nom de fille à scandale. Ça fait plutôt élève parfaite qui note bien tout en cours ou qui passe ses vendredis soir à faire du bénévolat à la maison de retraite en servant du punch et des biscuits (ou autre : je ne sais pas ce qu'ils font le vendredi soir, à la maison de retraite). D'ailleurs, Alice, c'est un prénom de grand-mère. Vous savez, le genre qui cache des mouchoirs dans ses manches, qui perd sans cesse son sac et passe son temps devant *Des chiffres et des lettres* ? Rien à voir avec Alice, quoi. Mais alors, pas du tout.

Alice Franklin, c'est une grosse salope.

En la voyant, on ne dirait pas pourtant. Elle est un petit peu plus grande que la moyenne, sans être une girafe, et je dois admettre qu'elle est plutôt bien foutue. En tout cas, elle n'a jamais eu de problèmes de poids. Peut-être que sa mère lui fait compter les points Weight Watchers, comme la mienne, mais j'en doute. La sienne n'a même pas l'air de s'inquiéter que toute la ville traite sa fille de traînée. Quant à son père, je ne sais pas ce qu'il en pense. Je ne l'ai jamais vu depuis qu'on se connaît et on se connaît depuis toujours.

Alice a les cheveux courts, à la garçonne. Elle fait partie de ces filles qui ont la bouche naturellement pulpeuse et elle porte tout le temps du rouge à lèvres framboise. Son visage est joli, sans plus. Elle a plusieurs piercings aux oreilles, mais elle n'est pas punk, ni… bizarre. En fait, elle s'habille plutôt bien. Du moins, c'était le cas avant toutes ces histoires. Sa tenue fétiche, c'était jupe droite et haut moulant, pour faire ressortir sa poitrine, avec des sandales. Même en février.

Après tout ce qui s'est passé, on dirait qu'elle a arrêté de se préoccuper de son look. Ces derniers temps, elle ne met plus que des jeans et des sweats, la capuche le plus souvent relevée. Par contre, elle n'a pas renoncé au rouge à lèvres. Je trouve ça bizarre.

Elle n'a jamais été hyper populaire comme moi (on dirait que je me la raconte, mais c'est la vérité, j'y peux rien)... mais elle n'était pas non plus au niveau de Kurt Morelli, la bête de foire du lycée, avec son QI de 540, qui ne parle à personne sauf aux profs. Imaginez un peu que la popularité soit un immeuble : quelqu'un comme Brandon Fitzsimmons occupe l'appartement-terrasse, tout en haut. Les métalleux dorment par terre dans la cave, et Kurt Morelli n'a même pas le droit d'entrer dans le bâtiment. Alice, elle, a passé une grande partie de sa vie dans les étages supérieurs.

Du coup, elle était assez cool pour venir à ma fête.

Il faut que vous compreniez que l'histoire d'Alice qui a couché avec deux mecs et la mort de Brandon sont les plus gros trucs qui soient arrivés à Healy depuis une éternité. Et il n'y a pas qu'au lycée qu'on en parle : toute la ville s'y intéresse. C'est drôle parce que d'habitude les adultes pigent rien à notre façon de vivre... Ils ne savent pas ce que veut dire tel ou tel mot, ou pourquoi une émission a du succès, et ils sont toujours super excités à l'idée de te montrer une vidéo d'un chat qui éternue sur YouTube alors que ça fait cent ans que tu l'as vue.

Mais Alice a couché avec deux mecs et Brandon est mort, et tout le monde sans distinction ne parle plus que de ça. Les femmes en discutent aux réunions de parents d'élèves, elles posent des questions à leurs filles et quand elles croisent la mère d'Alice au supermarché, elles lui lancent un regard du style : « Tu me fais pitié, mauvaise mère, va. » (Je le sais, parce que la mienne l'a fait, c'était au rayon yaourts, quand elle cherchait un dessert Weight Watchers à 2 points qu'il lui fallait absolument.)

Si l'accident a fait autant de bruit, c'est parce que la victime n'est autre que Brandon Fitzsimmons, l'espoir sportif de toute la ville. Un quarterback à tomber par terre que tout le monde connaissait. Les hommes en discutent aux réunions du club des supporters et en faisant la queue à Norauto. Ils secouent la tête et disent tous que c'est vraiment dommage que Brandon Fitzsimmons soit mort quelques semaines après le début de la saison. (Je le sais, parce que mon père l'a fait, même qu'il a demandé à voix haute pourquoi cette garce d'Alice Franklin s'est sentie obligée de ruiner notre meilleure chance de remporter le championnat.)

Le football américain prend une place énorme à Healy, mais la ville en elle-même est assez petite. Il y a deux supermarchés, trois pharmacies, et à peu près un milliard d'églises cachées entre les magasins. Le cinéma ne passe qu'un film à la fois, donc on n'a pas trop le choix, et la seule chose à faire le week-end quand on a moins de vingt ans, c'est squatter le parking du lycée et dire du mal des autres en buvant de la bière. Sauf si les parents de quelqu'un quittent la ville, là, on organise une soirée. Il n'y a pas de juste milieu : soit on adore ce genre de trucs et on veut rester vivre ici pour toujours, soit on déteste et on a hâte de se tirer.

J'aime vivre ici. Bon ok, je n'ai rien connu d'autre… mais j'adore entrer dans n'importe quel magasin, en sachant que les gens vont me reconnaître. Ils me sourient et prennent des nouvelles de mes parents. Ils me demandent si je fais partie de l'équipe des pompom girls cette année (oui), si je compte m'inscrire au comité du bal (oui) et si je pense que le lycée a ses chances pour le championnat (toujours). Et puis, on dirait que les autres élèves veulent tout faire comme moi. Quand on était en seconde, mes copines et moi, on s'est servi de cure-dents pour graver sur notre vernis des messages comme « I love <3 you <3 » ou « Best Friend ». En l'espace d'une semaine, toutes les filles de notre année nous avaient imitées.

Bref. Alice Franklin.

Dans les films, les fêtes de lycéens sont toujours des soirées de dingues avec cinq cents personnes et des gens nus qui sautent dans la piscine depuis le toit. Dans la vraie vie, ça n'a rien à voir. Pas à Healy en tout cas. Ici, on passe la soirée assis dans le salon à boire, à s'envoyer des SMS alors qu'on est dans la même pièce, à regarder la télé et, de temps en temps, quelqu'un va chercher une bière dans la cuisine. Des fois, deux personnes montent dans une chambre, et tout le monde les charrie. Puis, vers minuit ou une heure du mat', les gens s'endorment sur le canapé ou rentrent chez eux.

Dit comme ça, ça n'a pas l'air génial. En fait, ce qui est excitant, c'est l'idée qu'un de ces jours, pendant l'une de ces fêtes, il pourrait se passer quelque chose.

Et ça a fini par arriver.

Kelsie

Le soir de la fête d'Elaine O'Dea, j'étais à l'agonie avec quarante de fièvre.

Je n'y suis pas allée.

Si ça n'avait pas été une question de vie ou de mort, vous pouvez me croire, je n'aurais pas raté ça. L'ancienne Kelsie, celle que j'ai laissée à Flint, existe encore au fond de moi. Dans le Michigan, je faisais partie des intellos. Des moins que rien. Ici, je suis populaire. Je n'arrive toujours pas à y croire. Le soir de la fête, j'étais persuadée que si je ratais une seule occasion de rappeler mon existence aux autres, j'allais me retrouver à manger toute seule à la cantine, condamnée à terminer le lycée à la table de la honte. J'aurais alors dû renoncer au plaisir de faire partie du club d'élite. On n'a pas de poignée de main secrète et on ne tape pas en morse sur la porte avant d'entrer, mais le jeu en vaut la chandelle.

Enfin, pour être honnête, je ne suis pas tout en haut de l'échelle sociale, comme peuvent l'être Elaine

O'Dea et sa bande, mais si, pour n'importe quelle raison, celles-ci se retrouvaient dans l'impossibilité d'assurer leur rôle de « filles les plus populaires du lycée », j'aurais la chance de faire partie des dauphines. Et en tant que telle, je possède certains privilèges. Par exemple… la satisfaction d'entrer dans la cantine en sachant que je peux m'installer n'importe où. Ou le fait que les profs connaissent mon nom dès le premier jour. Ou encore la joie de ne pas avoir à m'inquiéter une seule seconde des personnes avec qui je vais sortir le week-end. Tout le monde veut passer du temps avec moi. Dans la semaine aussi, d'ailleurs. On s'envoie des messages, on parle, on s'appelle, on boit, on s'embrasse, on rit, on danse, on boit, on s'envoie des messages, on parle et on boit. Je suis toujours là où il faut être.

Mais le soir de la fête d'Elaine, j'étais tellement malade que je ne me suis fait aucune illusion : je savais que je n'irais pas. Alors, j'ai agrippé la cuvette des toilettes et j'ai déversé ma colère en pensant à Elaine, Alice, Josh, Brandon et tous les autres ensemble, sans moi.

Je déteste être mise à l'écart. Je déteste rater les choses.

Et là, j'en ai raté une belle. *Le* truc dont on n'a pas arrêté de parler cette année. Je l'ai su dès le lendemain, quand Alice Franklin, ma meilleure amie, m'a appelée et que je l'ai écoutée en mangeant des biscottes et en buvant du Canada Dry.

— Dis-moi la vérité. Est-ce que tu as reçu des messages au sujet d'hier soir ? a-t-elle chuchoté, d'un air grave.

Si ça avait été moi, j'aurais été en larmes. Mais Alice, elle, ne pleurait pas. Pas encore.

— Juste un.

J'en avais reçu trois, mais je ne voyais pas l'intérêt de le lui dire. Le premier venait d'une élève de seconde complètement tarée dont la spécialité était de répandre des rumeurs :

Alice s'est tapé Tommy Cray ET Brandon F. à la soirée d'Elaine. OMG.

En le lisant, j'ai senti mon estomac se retourner et ça n'avait rien à voir avec mes nausées. C'était à cause de Tommy Cray. Je ne savais pas qu'il était là. Ça avait sans doute été sa dernière occasion de faire la fête avant de retourner à la fac. Mais quand on mentionne son nom, je pense forcément au Truc Trop Horrible qui m'est arrivé l'été dernier. Personne n'est au courant. Pas même Alice.

— Ce n'est pas vrai, Kelsie ! Tu le sais. J'ai aucune idée de pourquoi Brandon est allé raconter une connerie pareille. Il ne s'est rien passé ! On était à la soirée ensemble et il a essayé de me draguer, mais j'avais trop bu et je lui ai dit que je n'avais pas envie. Et puis, je suis partie. Dis-moi que tu me crois !

— Bien sûr que je te crois, lui ai-je répondu.

Mais pas vraiment, en fait.

Pour être franche, je ne savais pas quoi penser.

Ça devrait vous en dire long sur Alice Franklin. Après tout, elle m'a bien menti à propos de ce qu'elle a fait à la piscine. Et on parle encore de ce qui s'est passé entre Brandon, Elaine et elle, au collège. Elle devait se douter que tout le monde allait s'en rappeler. C'est peut-être pour ça qu'il y avait comme de la panique dans sa voix, même si elle faisait tout pour la cacher.

Pour être honnête, je commençais à paniquer aussi. Je crois que c'est là que je me suis demandé pour la première fois si le fait d'être la meilleure amie d'Alice Franklin n'allait pas m'attirer des ennuis. Si personne ne jugeait que ce qu'elle avait fait était grave, tout irait bien. Mais si jamais elle était allée un peu trop loin… j'avais peur qu'on me mette dans le même panier. Avoir déjà couché, c'est une chose. Se taper deux mecs en une nuit, c'en est une autre.

Au départ, je ne savais pas comment la rumeur allait être reçue. Je le jure. Si vous ne vous en étiez pas encore aperçu, j'essaie d'être la plus honnête possible. Si la rumeur n'avait pas transformé Alice en paria, le choix aurait été facile. Tommy Cray ou non, ça aurait été plus simple pour moi de rester son amie. Je me serais contentée de me rallier à la majorité. Très franchement, si Alice avait été applaudie à Healy High pour ce qu'elle avait soi-disant fait, j'aurais continué à la fréquenter.

Je sais, c'est monstrueux, mais j'assume.

C'est comme quand on a lu *Le Journal d'Anne Frank*, en cinquième. Je suis persuadée que, si j'avais vécu la guerre, j'aurais été nazie, parce que je n'aurais pas eu le courage d'être autre chose. Parce que j'aurais eu trop peur d'aller à contre-courant. J'aurais été passive, mais dans le mauvais camp. Bien sûr, je ne l'ai pas dit à voix haute… mais je me souviens que pendant le cours tout le monde disait : « J'aurais aidé Anne. Je me serais rebellé. Je ne comprends pas comment on a pu laisser de telles choses arriver, bla-bla-bla. » Si tout le monde pense comme ça, alors pourquoi seulement une poignée de personnes a agi à l'époque ? Ça prouve bien que je suis la plus honnête !

Bref. Cette fête a eu lieu à la fin de l'été et on venait à peine de reprendre les cours quand Brandon est mort. C'était il y a quelques semaines, juste après le bal de promo. C'est à ce moment-là que tout est parti en vrille. Josh Waverly, son meilleur ami, était avec lui dans la voiture. Il a dit à la mère de Brandon que l'accident était la faute d'Alice. Les choses n'étaient déjà pas faciles pour elle avant l'accident, alors après, elles ont pris des proportions inimaginables.

Alice m'a appelée en pleurs pour m'en parler. Je lui ai répondu que j'étais vraiment désolée et que je savais qu'elle n'avait rien à voir là-dedans. La fois suivante, je n'ai pas décroché. Après, je lui ai fait croire que ma mère voulait que je l'aide à préparer à manger. Elle a arrêté d'essayer la semaine dernière. Peut-être qu'elle ne le fera plus jamais. Au tout début de l'année, avant que Brandon meure et que les choses empirent, elle m'a proposé de regarder des comédies musicales ringardes, comme quand on était en troisième. Le jour même, j'ai décommandé en prétextant que j'étais malade. La vérité, c'est qu'Elaine O'Dea m'avait invitée chez elle avec d'autres filles. Comme si j'allais dire « non » à Elaine O'Dea pour traîner avec la plus grosse garce (supposée) du lycée !

La vérité, c'est que ces dernières semaines, j'ai « oublié » d'attendre Alice devant son casier à l'heure du déjeuner. Quand elle arrive à la cantine, il n'y a plus qu'une ou deux places à la table des losers. Ou pas du tout. En guise d'excuses, je hausse les épaules et je lui fais signe de la main, sans grand enthousiasme. Je suis une telle poule mouillée que, malgré tout, je ne veux pas qu'elle m'en veuille. Vous trouvez ça ridicule, vous aussi ? C'est complètement hypocrite, je sais.

On ne s'est pas disputées. On n'a pas causé de scène. Alice Franklin était ma meilleure amie, puis petit à petit, elle est devenue moins proche, une connaissance, jusqu'à ne plus être quoi que ce soit pour moi.

Le plus terrible, c'est que, à l'instant où j'ai lu le message, je savais que notre amitié était finie. Ça peut paraître injuste et superficiel... La Kelsie Sanders que j'étais à Flint n'aurait jamais fait une chose pareille. Mais j'ai passé trop d'années à manger seule à la cantine pour que ça recommence.

Plutôt mourir.

JOSH

Je ne me rappelle pas grand-chose de l'accident. Quand je me suis réveillé à l'hôpital, je ne savais pas ce que je faisais là. Puis, mon père est entré dans la chambre et m'a raconté ce qui s'était passé. Il m'a annoncé que Brandon était mort. À ce moment-là, j'ai eu l'impression de quitter mon corps. Comme j'avais entendu parler de ce genre de choses à la télé, pendant une seconde, j'ai cru que j'étais en train de mourir, moi aussi. Pourtant mon père m'avait déjà annoncé que j'étais hors de danger, en grande partie parce que j'avais attaché ma ceinture.

Au bout d'une heure ou deux, l'inspecteur Daniels est venu me poser quelques questions. Je l'avais aperçu à travers la porte en train de discuter avec mes parents. Quand il est entré, ma mère l'a suivi et s'est assise à côté de moi sur une chaise en plastique vert.

— Brandon et toi, vous aviez bu avant de prendre la voiture ? m'a-t-il demandé d'un air détaché en feuilletant son petit carnet.

Tout ça sans me regarder. Il ne s'était même pas assis.

Je ne lui ai pas répondu tout de suite. La pièce empestait la pisse et la Javel. Ça me donnait envie de vomir.

— Mon garçon… Nous avons procédé à des tests d'alcoolémie sur Brandon et toi, dit-il. Vous étiez tous les deux au-dessus de la limite autorisée. Alors, ce n'est pas la peine de mentir.

Quand il m'a dit ça, je crois que je me suis senti soulagé. Je lui ai répondu que, ouais, Brandon et moi, on s'était descendu une bière ou deux avant que sa mère nous demande d'aller acheter des couches pour sa petite sœur.

L'inspecteur Daniels a gribouillé quelque chose sur son calepin.

— Brandon aurait-il pu être distrait par autre chose ? m'a-t-il demandé.

Dérouté par la question, j'ai fermé les yeux le plus fort possible pour essayer de m'éclaircir l'esprit. Je me souvenais du crissement des freins juste avant que la voiture quitte la route. Je me souvenais de m'être mordu la langue et du goût métallique qui m'avait empli la bouche, comme si j'avais léché une pièce de monnaie. De longues minutes avaient dû s'écouler, parce que ma mère est intervenue.

— Josh ? Qu'as-tu à dire à l'inspecteur Daniels à propos de ce qui s'est passé ?

J'examinai le stylo du policier. On aurait dit qu'un rat l'avait mordillé. J'essayai de ne pas penser à la douleur lancinante au niveau de mon épaule. J'essayai de ne penser à rien, en fait.

— Hé bien… Il jouait avec son portable, répondis-je au bout d'un moment.

Daniels secoua la tête.

— C'est devenu d'un banal, de nos jours ! annonça-t-il à ma mère, comme si je n'étais pas là.

Il nota encore quelques trucs, me dit qu'il avait tout ce dont il avait besoin et me souhaita de me rétablir au plus vite.

— Au fait, lança-t-il juste avant de se retourner pour partir. Félicitations pour le match, mon garçon.

— Merci, monsieur, répondis-je.

Ma mère et moi, on resta un petit moment silencieux. Puis, elle se pencha pour m'embrasser sur le front. Elle renifla légèrement, comme si elle se retenait de pleurer.

Ça fait presque un mois que Brandon est mort. Physiquement, je ne suis pas encore au top de ma forme, mais le docteur pense que je pourrai reprendre l'entraînement à temps pour les derniers matchs de la saison.

Comme si c'était ce qui m'inquiétait le plus. Jouer au foot. Alors que mon meilleur pote est mort.

Ma mère, mon père et mon petit frère n'arrêtent pas de me regarder comme si j'allais disparaître. Comme si j'aurais dû mourir dans l'accident et que j'avais une chance folle de m'en sortir, ou un truc dans le genre… alors il vaut mieux ne pas me lâcher des yeux. On ne sait jamais. Des fois, ma mère pleure en me regardant. Elle est grave.

Malgré ma fracture de la clavicule et mes douleurs musculaires, j'ai assisté à l'enterrement. Je ne pouvais pas ne pas y aller. Il y avait un monde de dingue. Même en arrivant à l'heure, certains se sont retrouvés tout au fond. Des gens sont restés dans le hall pour essayer d'écouter, alors qu'ils ne voyaient rien. Le maire lui-même était présent. Les parents de Brandon et ses frères et sœurs étaient assis devant. Sa mère était en larmes, limite hystérique, ce qui faisait pleurer les autres mères encore plus fort. L'équipe dans son intégralité et Hendricks, notre entraîneur, se trouvaient juste derrière la famille. Hendricks n'arrêtait pas de secouer la tête.

Je crois qu'Alice est la seule élève de Healy High à ne pas être venue. Même Kurt Morelli était là avec sa grand-mère. Remarque, il habite à côté de chez Brandon depuis la maternelle, c'est plutôt logique.

Pendant le service, le pasteur a raconté tout un tas de trucs à propos de Jésus et a expliqué pourquoi les mauvaises choses se produisent, mais je ne l'ai pas vraiment écouté. J'essuyais mes mains moites sur mes genoux. Je n'arrêtais pas de penser au fait que j'étais receveur et Brandon quarterbarck, et qu'on s'entraînait tout le temps ensemble, rien que tous les deux ; on n'avait même plus besoin de se parler pour se comprendre. On savait où l'autre allait courir, dans quelle direction il allait lancer la balle. Je pensais à ses passes en spirales parfaites qui me tombaient direct dans les mains. Il lançait, j'attrapais. On aurait pu continuer comme ça pour l'éternité.

On communiquait sans se parler.

Je pense à Brandon, je pense à la cérémonie, je pense à l'hôpital, mais surtout je pense à ce jour, peu après l'enterrement. Celui où sa mère est venue me voir chez moi. La mienne m'obligeait à passer mes journées sur le canapé, pour ne pas me perdre des yeux.

— Mon Dieu, Josh, si j'avais su que Brandon avait bu, je ne lui aurais jamais demandé d'aller au magasin, m'a dit madame Fitzsimmons. Mais je ne suis pas stupide, mon grand. Il avait l'habitude de boire une bière ou deux. La police affirme que c'est son alcoolémie qui a causé l'accident, mais l'inspecteur Daniels m'a dit que tu avais mentionné quelque chose à propos de son portable ? Tu peux m'en dire plus ? Je t'en prie, Josh. Il faut que je sache tout ce qui s'est passé ce jour-là.

Le son de la télé avait été coupé. Pendant une minute, je gardai les yeux rivés sur la chaîne de sports. Madame Fitzsimmons, elle, était assise au bord du vieux fauteuil de mon père. Ma mère lui avait offert un verre de thé glacé qu'elle tenait sur ses genoux, mais elle n'y avait pas encore touché. Elle se contentait de le serrer dans ses mains.

— Hé bien, en fait..., commençai-je.

Mon cœur battait très fort.

— Je sais que tu ne veux causer de tort à personne, mais il me semble qu'il y a une autre explication que ces quelques bières, m'encouragea madame Fitzsimmons.

Elle posa son verre sur la table basse et me prit les mains. Les siennes étaient froides et moites. Peut-être à cause du thé. Ou peut-être qu'elles étaient toujours comme ça. Je repensai à toutes les fois où j'étais allé chez Brandon quand j'étais petit. Madame Fitzsimmons avait toujours été très gentille avec moi, presque comme une deuxième maman.

Je sentis mes lèvres bouger et des mots en sortir. Tout à coup, je me retrouvai à lui parler de messages qu'Alice lui avait envoyés.

— Alice Franklin ? me demanda-t-elle, les sourcils froncés.

Je hochai la tête. C'était carrément gênant, de parler de ça à la mère de Brandon, mais j'étais sûr que les rumeurs étaient arrivées jusqu'à elle. Tout le monde ne parle plus que de ça.

Alors, je lui avouai que, pendant qu'on était sur la route, Alice avait envoyé des tas de messages à Brandon et qu'elle avait refusé d'arrêter.

— Des messages ? Quel genre de messages ? me demanda madame Fitzsimmons. Qu'est-ce qu'elle pouvait bien avoir à lui dire ?

Je jetai un coup d'œil à l'écran de télévision, puis au verre de thé glacé posé sur la table basse. J'étais incapable de la regarder, elle, dans les yeux.

— Euh. Je suis désolé, mais c'est vraiment gênant, lui confiai-je.

— Mais non, ne t'inquiète pas, Josh. Ces messages, c'était quoi ? Du harcèlement ?

— C'était, euh, sexuel, lui répondis-je. Des trucs à propos de la fête et euh, des choses qu'elle voulait faire à Brandon…

— Combien de messages lui a-t-elle envoyé pendant qu'il essayait de conduire ? me demanda madame Fitzsimmons.

— Beaucoup. Tellement que j'ai arrêté de compter. Toutes les deux secondes.

Quand elle hocha la tête, il était clair qu'elle n'était pas contente, mais son expression s'était un peu détendue, comme si une partie d'elle-même ressentait un certain soulagement. Cette fois, elle but une gorgée de thé.

— Donc, tu dirais qu'il a été distrait par ces messages ? me demanda-t-elle.

— Ouais, répondis-je. On peut dire qu'il était distrait.

— Merci, Josh. Merci de m'en avoir parlé. Je sais que ça n'a pas dû être facile.

J'acquiesçai, mais j'étais content qu'elle change de sujet, même si c'était pour parler de l'enterrement. Elle avait été touchée qu'autant de personnes se soient déplacées. Ça aurait fait plaisir à son fils. On continua de discuter un peu plus longtemps de Brandon et du vide qu'il avait laissé. De temps en temps, madame Fitzsimmons s'interrompait et s'essuyait les yeux avec sa serviette pour ne pas fondre en larmes. Quand elle se décida enfin à partir, elle me serra dans ses bras, en faisant attention à mon épaule.

— Josh, mon grand, je veux que tu saches que tu seras toujours le bienvenu chez nous, me dit-elle. Tu peux venir n'importe quand. Je ne veux pas qu'on perde contact. J'espère que tu le sais.

Je hochai la tête encore une fois, pressé de la voir partir. Je m'en voulais de penser une chose pareille, mais j'avais juste envie d'être seul.

Avant de sortir, elle s'arrêta dans la cuisine pour parler à ma mère. Malgré les cris qui s'échappaient de la télévision, j'entendais des bribes de leur conversation. J'adore ma mère, ce n'est pas le problème, mais elle est incapable de garder quoi que ce soit pour elle. Et dans une ville comme Healy, le genre d'informations que je venais de partager se répand à la vitesse de la lumière. Je suppose que ma mère l'a dit à une autre qui elle-même en a parlé à une autre et celle-ci en a peut-être parlé à son gosse. Tout ça pour dire que quand j'ai repris les cours, Alice Franklin n'était plus juste la salope qui avait couché avec deux garçons à une soirée.

Elle était devenue la salope qui avait tué Brandon Fitzsimmons.

Elaine

Brandon et moi, on n'a jamais été « ensemble ». Pas officiellement, en tout cas. On n'était pas du genre à fêter notre anniversaire tous les mois et je n'avais pas de photo de lui encadrée dans ma chambre. Bien sûr, j'en ai eu des mecs comme ça. Quand j'étais plus jeune, ils étaient souvent dans des classes supérieures et toujours populaires. J'ai eu mon premier copain à treize ans. Les autres filles n'avaient pas le droit de sortir, mais ma mère à moi était d'accord. Mon père, beaucoup moins. Ma mère a tout fait pour le convaincre et il a accepté du moment que le garçon en question venait d'abord à la maison pour lui serrer la main.

Le problème, c'est qu'en grandissant, il y a de moins en moins de mecs plus vieux que moi et disponibles qui m'intéressent. À part Brandon. Je sais que ça va paraître hyper prétentieux de ma part, mais étant donné qu'on était les plus populaires de notre classe, on s'est souvent retrouvés tous les deux. Ce que je veux dire, c'est qu'on est allés au bal de première année ensemble, qu'on s'embrassait assez souvent dans les soirées et que quand on s'ennuyait, on se rendait chez l'un ou chez l'autre. Et oui, d'accord, j'avoue : j'ai couché avec lui une ou deux fois l'année dernière. (Mon Dieu, si mon père apprend ça, il va tomber raide mort. Meilleur *quarterback* que Healy ait jamais eu ou pas.)

Bref. Je ne dis pas qu'il m'appartenait ni rien, mais même si on n'en parlait pas, tout le monde était au courant : Brandon Fitzsimmons et moi, on était plus ou moins ensemble… quand on n'était pas occupés à chercher avec qui d'autre on pouvait sortir. C'était, euh, dans l'ordre des choses. On était ensemble, puis on ne l'était plus, et ainsi de suite…

Mais tout s'est arrêté le dimanche où il a pris son pick-up avec Josh Waverly pour aller au supermarché.

La nouvelle de sa mort s'est répandue plus vite que cette histoire avec Alice, à ma fête. C'est Maggie, une de mes meilleures amies, qui m'a mise au courant. Comme son père est flic, elle a tout de suite su.

Elle m'a appelée l'après-midi même, en pleurs. Elle n'arrivait même plus à respirer.

— Elaine, tu ne peux pas savoir à quel point je suis désolée… Brandon Fitzsimmons est mort, m'a-t-elle dit.

Je suis restée assise sur mon lit, le téléphone à la main et j'ai pleuré pour lui. Pour moi. Pour nous.

Je l'ai revu devant moi, incroyablement beau. Il lui arrivait de se comporter comme un connard, c'est vrai, mais j'aurais pu l'admirer toute la journée, surtout son visage : la perfection incarnée.

J'ai aussi repensé au collège, quand il tirait sur ma bretelle de soutien-gorge, me faisait des clins d'œil ou me pinçait les fesses dans les couloirs. C'est grâce à lui que j'ai compris que les mecs me trouvaient mignonne… même si ma mère me traînait déjà aux réunions Weight Watchers et que j'avais peur d'avoir un peu trop de formes.

Et surtout, j'ai repensé à ce truc bizarre et trop gênant qui s'est passé entre nous le soir de cette fameuse fête : lui, au-dessus de moi, sur mon lit, les yeux perdus dans le vide, l'haleine empestant la bière.

Puis, je l'ai imaginé en train de coucher avec Alice Franklin, un peu plus tard, dans ma chambre d'amis, tout en se moquant de moi, pendant que Tommy Cray attendait son tour.

Alice.

Je savais que je ne pouvais pas faire confiance à cette fille.

Le jour où j'ai appris la nouvelle, je me suis également rappelé le bal de quatrième. Brandon et moi, on s'était remis ensemble. Alice m'a juré sur la tête de sa mère qu'elle ne savait pas, qu'elle croyait qu'il n'y avait rien entre nous et que, de toute façon, elle n'avait pas eu vraiment envie d'embrasser Brandon. Alors qu'elle l'avait fait. Bon d'accord, on était en quatrième, Brandon avait à peine mué, et personne n'avait encore son permis, mais quand même ! Ça vous montre bien la mentalité d'Alice Franklin. Au bal (auquel j'étais arrivée avec Brandon, que les choses soient claires), elle lui a sauté dessus dans le vestiaire. Des amies à moi les ont vus et se sont dépêchées de me le dire. Après les avoir pris en flag et leur avoir hurlé dessus, j'ai passé la moitié de la soirée dans les toilettes à pleurer et à demander à tout le monde si mon mascara avait coulé.

Brandon s'est excusé un million de fois, mais on s'est séparés… jusqu'à ce qu'on se remette ensemble. Encore. N'empêche que je n'ai jamais oublié ce que m'avait fait Alice Franklin. Les autres non plus. Du coup, après ma soirée, la rumeur a été encore plus facile à croire. C'est tellement le genre de choses que les filles comme Alice font.

Alors l'histoire des messages qu'elle a envoyés, le jour de l'accident de voiture, je t'en parle même pas…

Non, mais quelle garce !

Très franchement, je ne vois pas comment Alice pourrait se relever de tout de ça. Je ne pense pas qu'elle y arrivera. Après la fête, elle a fait de son mieux pour agir comme si de rien n'était. Elle a même essayé de s'asseoir avec nous à la cantine. C'était pathétique. Même sa meilleure amie, Kelsie, ne veut plus rien avoir à faire avec elle. Et ça, c'était avant que Brandon meure. Après l'accident… je sais que c'est impossible, mais ça aurait été mieux pour tout le monde qu'Alice Franklin ne remette jamais les pieds à Healy High.

JOSH

L'après-midi avant la fête d'Elaine O'Dea, Brandon Fitzsimmons et moi, on parlait nichons.

Le truc, c'était qu'en passant par la fenêtre de la chambre de Brandon, on pouvait accéder au toit de la partie basse de la maison. On y allait tout le temps pour boire des bières et parler des tactiques de Hendricks, des profs qui nous gavaient ou des filles de Healy High qui avaient les plus beaux seins. Ce jour-là, c'était ça, le sujet de conversation.

— Je suis en train de penser à Elaine, dit Brandon en levant les mains comme s'il essayait de peloter les nuages. Elle en a une belle paire.

— T'es malade, rétorquai-je en décapsulant ma Kro.

C'était la bière de prédilection du père de Brandon et, par conséquent, la nôtre aussi.

Il faisait toujours une chaleur à crever là-haut, même avec les bières. On évitait d'y aller en été, mais ce jour-là, le temps était couvert. Du coup, c'était supportable. De toute façon, après deux ou trois Kro, on ne remarquait même plus le soleil. Cette semaine, on avait eu droit à deux entraînements par jour. On avait mal partout. Alors, rien de tel que le toit et de la bière bien fraîche pour se détendre. Les parents de Brandon étaient là et ils savaient sûrement qu'on buvait, mais ils s'en moquaient. Brandon pouvait faire ce qu'il voulait.

— Regarde ça, mon pote, fit Brandon d'une voix traînante en me montrant Kurt Morelli.

Je baissai la tête vers le jardin à droite. Kurt était penché au-dessus d'une vieille tondeuse à gazon qui datait sûrement des années 80. Il était tellement petit et maigre que j'avais du mal à comprendre comment il pouvait la pousser. Il n'arrêtait pas de s'arrêter pour essuyer la transpiration sur son visage. Ce type était un avorton. Ça faisait de la peine à voir.

— Je suis content de ne pas avoir à tondre la pelouse de ma grand-mère, dis-je, bien détendu par la Kro.

— Je te jure, mon pote, dit Brandon, ce type ne verra jamais aucune chatte. Genre, jamais.

— Pas comme toi, le roi de toutes les chattes, rétorquai-je en regrettant qu'on n'ait pas plus de bière.

— Ça, c'est bien vrai, dit Brandon.

Et ça l'était.

À Healy, Brandon était comme un Dieu. Je suppose que ça faisait de moi son bras droit. C'était le Dieu de l'équipe de foot, du lycée et même de toute la ville. Peu importait où il allait, les gens le connaissaient. Les vieux, les gamins et même les Mexicains qui avaient emménagé depuis cinq secondes et qui pigeaient que dalle à l'anglais. Tout le monde savait qui était Brandon Fitzsimmons.

Il couchait avec plus de filles que tous les autres mecs. Il s'était même tapé madame Sanchez, qui enseignait l'espagnol à mi-temps au lycée. Elle avait dans les vingt-quatre ans et elle était super bien foutue. Brandon lui avait dit qu'il avait besoin d'aide en espagnol et il s'était pointé comme ça chez elle. Il paraît qu'ils l'ont fait sur la table de la cuisine pendant que son mari était au boulot.

Moi, je ne l'ai fait qu'une fois. L'été avant la seconde, quand j'avais quinze ans. C'était sur la plage, avec une fille qui s'appelait Tessa. Sa famille avait loué la maison de vacances à côté de la nôtre. On l'avait fait un soir, sur le sable, après s'être promenés ensemble. Tessa avait apporté les capotes. Après, la seule chose à laquelle j'ai pensé, c'était que je pourrais enfin dire que je l'avais fait. Tessa et moi, on continue de s'envoyer des messages, mais cet été, nos familles ne sont pas retournées à la plage en même temps.

Brandon n'arrêtait pas de me pousser à trouver quelqu'un d'autre. Je ne dis pas ça pour me vanter ni rien, mais si je voulais, je pourrais choper des filles de ma classe rien qu'en claquant des doigts. Mais, je ne sais pas pourquoi, la plupart de ces filles me tapent sur le système. À chaque fois qu'il se passe quelque chose, on dirait que c'est la fin du monde. Et puis, elles parlent toujours de la même chose pendant des plombes.

Cet après-midi-là, avant la fête d'Elaine, on aurait dit que Brandon lisait dans mes pensées. Après avoir parlé de Kurt Morelli, il me dit :

— En parlant de chattes, tu devrais essayer de te taper Maggie Daniels ce soir. Elle mouille sa culotte chaque fois que tu passes devant son casier.

— Putain, mec, fis-je en buvant la dernière goutte de ma Kro.

— Quoi ? C'est vrai.

Alors, juste pour dire quelque chose, histoire de détourner son attention de moi, je lui demandai :

— Et Alice Franklin et toi, alors ? Je t'ai vu la mater, la dernière fois, quand on traînait sur le parking.

Je ne sais pas pourquoi j'ai choisi Alice alors que Brandon mate toutes les filles qui passent sur le parking, ou ailleurs. Je veux dire, Alice et moi, on s'est connu avant même d'avoir conscience qu'on se connaissait. Quand on était petits, on allait à la même crèche, à côté de l'église méthodiste.

— Alice Franklin ? demanda Brandon. Merde. Je n'ai rien fait avec elle depuis le bal du collège où Elaine a pété un câble.

— Tu n'as jamais couché avec elle ?

Je crois que j'étais surpris parce qu'Alice l'avait déjà fait, c'était évident. Elle avait commencé à avoir des copains au CM2. Et elle avait la réputation d'être incontrôlable. Par exemple, elle était sortie avec Brandon au bal de promo en quatrième alors qu'il était arrivé avec Elaine. Sans parler de la rumeur qui courait sur elle et le maître nageur.

— Non, je ne l'ai jamais fait avec Alice, mais ça me donne des idées, dit Brandon.

Il jeta un coup d'œil à Kurt Morelli qui avait arrêté de tondre la pelouse et regardait dans le vide, les mains posées sur les hanches.

— Hé ! Kurt, mon pote ! Tu veux monter boire une bière ?

Je ne sais pas pourquoi Brandon le lui a proposé alors qu'on n'avait déjà plus de bière et que Kurt Morelli est un mec super bizarre. Je crois qu'il était déjà bien bourré

— Pas de libation pour moi, merci mon brave, cria Kurt en secouant sa main en guise de salut.

Avec Brandon, on s'est lancé un regard du genre : « Qu'est-ce qu'il raconte, ce mec ? »

Quand on est rentrés à l'intérieur, il a fallu que j'attende un peu, histoire d'être assez sobre pour conduire. Je m'allongeai sur le lit double de Brandon avec le couvre-lit de foot qu'il avait depuis ses dix ans.

— Tu ? Veux ? Coucher ? Avec ? Moi ? dit Brandon à voix haute pendant qu'il envoyait un message à Elaine à propos de la bière qu'il devait apporter à la soirée.

Il plaisantait. Elaine, c'était un peu de l'histoire ancienne pour lui. Je savais que maintenant, il pensait surtout à Alice Franklin parce qu'il n'arrêtait pas d'en parler.

— Je n'ai jamais couché avec une fille qui a les cheveux aussi courts, dit-il. J'espère que je n'aurai pas l'impression de coucher avec un mec. Parce que ça serait dégueulasse. Ça ferait trop gay.

J'avais chaud, j'étais fatigué. À ce moment-là, je ne savais même pas si j'avais envie d'aller à la soirée. La Kro m'avait donné envie de dormir. Mais même si je pensais ça, je savais très bien que j'allais y aller quand même. Et boire d'autres Kro. Je n'avais rien de mieux à faire.

— Peut-être que tu es gay, lui dis-je. Tu m'as vu à poil des centaines de fois.

— Mon pote, si tu crois que je te mate dans les douches, t'as vraiment un gros problème, répondit-il.

Je roulai sur le ventre et enfouis mon visage dans le dessus-de-lit. Il sentait la transpiration et l'adoucissant. Brandon parlait des nichons d'Alice Franklin.

Des fois, je me demande si tout ce qui s'est passé se serait vraiment passé si je n'avais pas mis cette fille dans la tête de Brandon. Parce que quand il avait une idée, l'empêcher de la mener à bien revenait à essayer de le plaquer au moment où il allait faire une passe décisive. Autrement dit : c'était impossible.

Mais cet après-midi-là, dans la chambre de Brandon, allongé sur le ventre, avec la tête qui tournait, j'ignorais qu'un jour je me demanderais : « Et si ? » Tout ce que je savais, c'était que j'étais bourré, que j'étais le meilleur ami de Brandon Fitzsimmons, qu'on faisait partie des meilleurs joueurs de football américain que Healy avait jamais connus et que le soir même, on irait à la fête d'Elaine O'Dea.

Kurt

Cela va sans dire, je n'ai pas été invité à la fête d'Elaine O'Dea.

Pour être franc, je ne savais même pas qu'elle organisait une soirée chez elle. Bien sûr, j'ai conscience que des fêtes, des matchs de football et d'autres joyeusetés ont lieu autour de moi. C'est juste qu'on ne m'invite jamais… et de toute façon, même si c'était le cas, je n'irais pas. Je ne vois pas l'intérêt de prendre part à ces rituels de socialisation adolescente forcée dont le seul résultat putatif est l'engeance d'un sentiment d'angoisse général. L'idée de participer à ce genre de manifestations m'emplit d'effroi et je sais que les autres ressentiraient la même chose si je débarquais soudain chez eux.

Pour être honnête, ça n'a pas toujours été le cas. En primaire, j'étais invité. À l'époque, on allait tous à Jefferson. Nos travers, nos aspérités propres n'étaient pas encore entièrement façonnés. On était des gamins ;

on s'entendait tous jusqu'à un certain point. De toute façon, à cet âge-là, les fêtes ne consistaient-elles pas à courir dans le jardin et à manger des hot dogs ? Et puis, je crois que les parents de Brandon Fitzsimmons et ceux d'Elaine O'Dea avaient pitié de moi. Après tout, j'étais l'orphelin de Chicago.

Oui, je sais : ça fait très dickensien. Mais je suis vraiment orphelin et ce, depuis l'âge de cinq ans. Un samedi soir, mes parents ont emprunté l'autoroute sous une pluie diluvienne. Le lendemain, on m'envoyait à Healy pour habiter avec la mère de mon père.

J'ai de vagues souvenirs de mes parents et de Chicago. Je me rappelle de bols à céréales en plastique de toutes les couleurs. Je me rappelle que je regardais les dessins animés lové contre le flanc de mon père. Je me rappelle que ma mère sentait le savon quand elle me prenait dans ses bras.

Puis, il y a eu Healy, les exclamations attristées des amis de ma grand-mère chaque fois qu'on les croisait et l'assistante sociale qui me demandait sans arrêt de faire des dessins représentant mes sentiments. Avance rapide et me voilà lycéen, en première. Parfois, avec la chaleur estivale accablante et les intrigues locales, j'ai du mal à croire que j'ai vécu ailleurs qu'ici.

On ne peut pas dire que je sois à ma place dans cet environnement. Pourquoi ? Parce que, tout d'abord, il paraît que je suis une sorte de génie. Je suis même inscrit à des cours sur le site de la fac parce que certaines matières du lycée ne sont pas assez stimulantes. Je veux bien le confesser : oui, j'ai déjà essayé de lire sous la douche et je passe mon temps libre à réfléchir à la densité des trous noirs, mais je n'ai jamais demandé à être un génie. Et malgré ce que pense le conseiller d'orientation, je ne suis même pas certain d'en être un. Peut-être que je suis juste bien au-dessus des standards de Healy, voilà tout.

Ensuite, je ne pratique aucun sport et ça ne m'intéresse absolument pas.

Enfin, contrairement à mes chers condisciples, j'ai la faculté de reconnaître que Healy est une toute petite ville au milieu d'un énorme pays appelé les États-Unis d'Amérique, et que les États-Unis eux-mêmes ne sont qu'un tout petit pays compris dans un espace beaucoup plus grand que l'on appelle le monde. Quand on met les choses en perspective, ce qui se raconte à Healy devient sans intérêt.

Alors, pourquoi est-ce que ça ne me dérange pas d'habiter ici ? Premièrement, les gens me laissent tranquille. En d'autres termes : ils font comme si je n'existais pas. Et ce n'est pas aussi terrible que ça en a l'air. En vérité, j'apprécie que l'on m'octroie cette liberté de lire, penser ou étudier, et que l'on me fiche la paix. Quand je suis assis tout seul à la cantine et que je me plonge dans le *Hobbit* pour la treizième fois pour le plaisir, je ne contemple pas les visages qui m'entourent en regrettant ma solitude. Je lève la tête un instant et je retourne à ma lecture. Ce n'est pas très difficile.

Deuxièmement, ça ne me dérange pas de vivre à Healy parce que ma grand-mère est une femme aimante et attentionnée qui m'a élevé avec affection et compassion.

Et enfin, parce qu'Alice Franklin habite ici.

Alice Franklin… ses lèvres rouge framboise, sa mauvaise réputation et son regard lointain. Alice Franklin avec ses cheveux courts si uniques, son rire aux sonorités délicieuses et son corps aux courbes d'ondes alpha. Alice Alice Alice Alice Franklin.

Je suis peut-être un génie, mais je reste un homme. Un homme qui habite à Healy, tout comme Alice Franklin, et rien que pour ça, ça en vaut la peine.

Avant la soirée d'Elaine O'Dea, j'observais Alice Franklin d'un point de vue très éloigné. Je prenais des notes en mon for intérieur. Pas parce que je croyais pouvoir prétendre un jour à une quelconque relation amoureuse avec elle, mais parce qu'en mémorisant ce qu'elle faisait et ce qu'elle disait, j'avais l'impression de la connaître davantage. Ça me donnait de la matière pour mes rêves éveillés dans lesquels je marchais avec Alice Franklin, j'embrassais Alice Franklin et je serrais les courbes d'ondes alpha d'Alice Franklin dans mes bras.

Les choses que j'ai remarquées à propos d'Alice Franklin avant la soirée d'Elaine O'Dea

— Un jour, alors qu'elle traversait le département des Langues Étrangères, un nouveau, maigre comme un clou, a fait tomber ses livres. Un élève de terminale a donné un coup de pied dedans. Alice Franklin s'est arrêtée, s'est agenouillée avec sa jupe crayon vert citron, les a ramassés et les a rendus au garçon en souriant. Je me souviens avoir aperçu ses genoux quand elle s'est baissée. On aurait dit deux bonbons à la pêche. Elle a des genoux incroyables.

— En classe, elle n'arrêtait pas de dessiner. Des fleurs, des tartes aux pommes, des lézards, des horloges, des chats… Les marges de ses cahiers en étaient remplies. Malgré tout, il était clair qu'elle continuait d'écouter, car des fois, en plein milieu d'un dessin, un poisson nageant dans une rivière, par exemple, elle levait la main et posait une question.

— À la cantine, elle prenait tout le temps la même chose : sandwich au thon, bretzels, pomme et limonade.

— Le premier jour de seconde, pendant le cours d'anglais de madame Galanter, on a dû faire une liste de nos choses préférées. J'ai réussi à jeter un coup d'œil à sa feuille. Voici ce que j'ai retenu : *Livre préféré –* Outsiders *de S.E. Hinton. Parfum préféré – l'herbe coupée. Son préféré – la langue française. Jour préféré de la semaine – samedi. Groupe préféré – les Beatles.*

— Toujours pendant l'année de seconde, je l'ai croisée dans la bibliothèque après les cours. Elle essayait de terminer un devoir de géométrie. Penchée sur son cahier, elle mordillait le bout de son stylo. Elle n'arrêtait pas d'écrire, puis d'effacer. Je me suis approché et quelque part, tout au fond de moi, j'ai trouvé l'audace de lui demander si elle avait besoin d'aide. Elle m'a répondu : « T'as une minute ? » Et je me suis assis à côté d'elle. Elle sentait la vanille. Sa poitrine parfaite était mise en valeur par un décolleté rose. J'ai eu du mal à lui expliquer l'exercice. Du coup, j'ai fini par le résoudre à sa place. Quand j'ai terminé, elle m'a dit : « Merci, Kurt. » Sur le chemin du retour, cet après-midi-là, je n'ai pas arrêté de sourire parce qu'Alice Franklin m'avait appelé par mon prénom. D'accord, il n'y a que cent cinquante personnes dans notre promotion et on se connaît tous, mais quand même, ça m'a fait plaisir d'entendre mon nom dans sa bouche.

Même un ermite comme moi a entendu parler des événements qui se sont supposément produits lors de la soirée d'Elaine O'Dea. L'évolution progressive du comportement d'Alice Franklin et de son entourage est évidente. Les filles avec qui elle mangeait à la cantine ont commencé à s'éloigner les unes après les autres. Il y a une différence énorme entre quelqu'un comme moi qui apprécie de manger seul et quelqu'un comme Alice, dont la mise à l'écart est un ostracisme. Ces derniers temps, elle ne se rend même plus à la cantine.

Puis, Brandon Fitzsimmons est mort et les gens disent que c'est Alice qui a causé l'accident en lui envoyant des SMS indécents. Ces derniers temps, Alice a l'air d'attirer les attentions négatives comme un aimant. Elle s'est mise à venir en cours avec des sweats informes. Elle porte même sa capuche relevée dans les couloirs. Comme si elle voulait disparaître.

Hier, après la dernière sonnerie, je suis passé devant les gradins du stade, derrière l'école. Alice y était assise. On aurait dit qu'elle pleurait.

À ce moment-là, je me suis dit que l'occasion que j'attendais était enfin arrivée. L'occasion de lui parler. De lui dire ce que je savais. Parce que, aussi étonnant que ça puisse paraître, je sais quelque chose sur Alice. Un fait, une vérité, qui pourrait la soulager… ou peut-être la faire souffrir davantage. J'ai formé les mots dans ma bouche, tourné ma langue autour et j'ai essayé de leur faire franchir mes lèvres des dizaines de fois. Je devais vraiment avoir l'air idiot, debout ainsi, à la regarder sans rien dire. À répéter mes paroles.

Au bout d'un moment, Alice a remarqué ma présence.

— Qu'est-ce que tu veux, putain ? m'a-t-elle demandé d'un ton sec.

Cette fois, elle ne m'a pas appelé Kurt.

— Je…, j'ai fait en ouvrant et en refermant la bouche.

J'avais tellement envie de lui dire ce que je savais ! Tellement envie de partager avec elle l'information que personne d'autre que moi à Healy High pouvait se targuer de posséder !

— Qu'est-ce que tu veux, à la fin ? a-t-elle répété.

Elle s'est levée et a fourré les mains dans les poches de son sweat. Puis, elle est descendue des gradins d'un pas rageur.

— Je ne suis pas une de vos petites attractions.

Et elle ne l'était pas. Pas pour moi.

Non, à mes yeux, elle était l'attraction principale.

Mais j'étais bien incapable de le lui dire.

KELSIE

On a déménagé du Michigan parce que mon père avait trouvé un job d'électricien à Healy, mais surtout parce que selon ma mère c'était la volonté du Seigneur. Elle est super pote avec Jésus et elle ne fait rien sans son aval. Je suppose qu'il a même approuvé le Truc Trop Horrible qui m'est arrivé l'été dernier, mais je n'en suis pas sûre. Maman et moi, on n'en a plus jamais reparlé.

Avant de quitter Flint, je m'étais fait une promesse. Plus question de manger seule à la cantine. Plus question de m'asseoir au premier rang et de répondre à toutes les questions. J'apprendrais à mettre de l'eye-liner et je convaincrais ma mère de me laisser me raser les jambes, avec ou sans l'accord du Christ. Mes week-ends ne se limiteraient plus à fabriquer des maquettes. J'allais enfin parler à des gens qui n'étaient pas mes parents. Alors, cette naze de Kelsie Sanders que j'étais depuis quatorze ans disparaîtrait pour de bon.

Cet été-là, je travaillai dur. Je lus des magazines de mode et regardai les émissions dont parlaient les filles de ma classe avec la même application dont je faisais preuve pour mes maquettes. Je voulais engranger un maximum d'informations sur la façon dont je devais me comporter. En gardant ce morveux de Jerry Baker, j'avais pu m'acheter des vêtements à la mode et du maquillage, et quand ma mère m'avait dit qu'une bonne chrétienne ne portait pas de jeans moulants, je ne l'avais pas écoutée.

— Tu es nouvelle, pas vrai ? m'avait demandé Alice, quand je m'étais assise au fond de la classe lors de mon premier jour.

— Ouais, avais-je répondu, les yeux rivés sur son rouge à lèvres framboise, en faisant de mon mieux pour ne pas paraître intimidée.

Ma mère n'avait peut-être pas remarqué mes jambes épilées, mais elle ne m'aurait jamais laissée sortir avec du maquillage.

— Ne t'en fais pas. Dans un sens, on est tous nouveaux le premier jour, dit-elle d'un air désinvolte. Même si, pour la plupart, on vit ici depuis la nuit des temps.

Elle avait prononcé ces derniers mots comme s'ils lui avaient laissé un goût d'œuf pourri dans la bouche.

— Ouais, avais-je fait.

Si je continuais à répondre avec des monosyllabes, j'allais encore me retrouver toute seule à la cantine.

— Tu vois le mec là-bas ? me demanda soudain Alice en désignant un blond aux cheveux courts qui portait un tee-shirt des Longhorns.

— Ouais ?

— Méfie-toi de lui. Il s'appelle Kyle Walker. On est sortis ensemble au collège. C'est un vrai salaud.

À cette époque, je ne disais aucun gros mot, même dans ma tête. Je me rappelle avoir rougi.

Au même moment, un garçon plutôt mignon, assis à côté de nous, se retourna et demanda à Alice si elle était libre le week-end suivant. Et alors que j'étais en train de me dire que je ne serais jamais assez cool pour être amie avec cette fille, Alice débita, de sa voix la plus monotone possible :

— Euh, je suis libre tous les week-ends. C'est dans la Constitution.

Sans réfléchir, je m'écriai :

— Oh mon Dieu ! Tu connais *Grease 2* ? C'est une réplique de *Grease 2* !

Voilà comment on est devenues amies.

On adorait les vieilles comédies musicales comme *Xanadu*, *Rien n'arrête la musique* ou même *La Kermesse de l'Ouest*. On aimait manger la glace à même le pot. Et surtout, on pensait toutes les deux qu'Elaine O'Dea était une grosse hypocrite. Quand elle est venue chez moi pour la première fois, les stylos « Souris ! Jésus t'aime ! » dans la cuisine et le quiz sur la Bible sur la table basse ne l'ont pas perturbée. Au contraire, elle a vraiment été sympa. La troisième fois qu'elle est venue dormir à la maison, on a regardé *Sgt. Pepper's Lonely Hearts Club Band*. Après, emmitouflées dans nos sacs de couchage, avec pour seul bruit l'air conditionné qui s'allumait et s'éteignait, j'ai osé lui avouer qu'à Flint, personne n'était jamais venu dormir chez moi… Et elle ne s'est pas moquée.

— Je suis contente que tu m'aies invitée, m'avait-elle répondu. Je suis heureuse qu'on soit amies.

Même si ces derniers temps, Alice a complètement disparu de ma vie, sous son énorme pull, et que je n'ai pas la moindre idée d'où elle mange à midi, même si je ne regrette pas ce que j'ai fait et que je le referais sans hésitation, quand je repense à la façon dont j'ai laissé tomber Alice, c'est ce souvenir qui est le plus douloureux.

Si Alice est restée ma meilleure amie pendant deux ans, pourquoi suis-je incapable de lui faire confiance ? Les amis ne sont-ils pas censés s'entraider ?

La vérité, c'est que si je la soutiens, adieu la popularité... Et il y a aussi le fait qu'elle a (peut-être) couché avec Tommy Cray à la fête d'Elaine.

Sans oublier ce qui s'est passé l'été dernier (le Truc Trop Horrible) quand Alice bossait à la piscine.

Alice a toujours dû travailler pour avoir de l'argent de poche. Elle a fait du baby-sitting, du dog-sitting... Bref : tout et n'importe quoi. Une fois, elle a même joué les femmes de ménage chez madame Montgomery après son opération du dos. La mère d'Alice ne lui donne pas un centime. Elle se plaint tout le temps qu'elle a du mal à joindre les deux bouts parce qu'elle élève seule sa fille, mais ça ne l'empêche pas de sortir le soir en la laissant livrée à elle-même.

Alors la piscine, c'était son premier vrai boulot, elle était payée avec un chèque, pas quelques billets froissés.

L'un des avantages, c'était qu'elle me refilait des trucs à grignoter en douce. Attention : elle n'abusait pas... mais de temps en temps, j'avais droit à une glace ou à une barre chocolatée. Je m'asseyais sur un tabouret devant le snack, avec mon bikini à rayures bleues et blanches qu'Alice m'avait aidée à choisir, et on papotait en regardant les garçons qui nageaient. Parfois, quand elle avait du mal à calculer, je l'aidais à rendre la monnaie.

Mais le plus intéressant dans tout ça, c'étaient les autres maîtres nageurs, deux mecs de terminale : Tommy Cray et Mark Lopez. Ils venaient juste de finir le lycée et ils étaient canon. Les garçons de notre classe étaient immatures. Tommy et Mark, eux, étaient des hommes. Du moins, c'était ce qu'Alice n'arrêtait pas de dire.

— Pourquoi perdre notre temps avec des petits garçons alors qu'on a de vrais mecs ici, à la piscine de Healy ? disait-elle en admirant les muscles de l'un ou le sourire de l'autre.

Si l'une de mes amies s'y connaissait en matière d'hommes, c'était bien Alice. La preuve : elle avait perdu sa virginité en classe de troisième avec Tucker Bowles, un type de première, et ils s'étaient séparés deux mois plus tard. À mes yeux, ça faisait d'elle une experte en matière de sexe.

Tommy me plaisait beaucoup. J'avais passé l'été à l'observer en secret. Malheureusement, j'étais persuadée qu'il s'intéressait à Alice, lui aussi. Il n'avait aucune raison de me préférer à elle. Le problème, c'est que je n'avais jamais su me détendre face à un garçon. Et je ne sais toujours pas le faire. Je suis incapable de leur parler de tout et de rien, comme certaines filles. Elaine O'Dea et Maggie Daniels, par exemple, ont une méthode bien à elles et super efficace : elles prennent un ton moqueur qui, au lieu de vexer le garçon visé, lui fait l'effet d'un énorme compliment.

À l'époque, Alice ne se débrouillait pas trop mal, elle non plus.

Un soir, après la fermeture de la piscine, elle m'a appelée et m'a demandé si je voulais la rejoindre pour faire la fête. J'ai dit à ma mère que j'allais dormir chez elle, mais elle n'a pas accepté tout de suite. Elle n'aimait pas beaucoup Alice (parce qu'elle n'avait pas de relation privilégiée avec notre Seigneur) et en plus, on avait une messe à 8 heures, le lendemain matin. (Quand j'ai râlé, elle a récité un passage de la Bible : « Moi et ma maison, Kelsie, nous servirons l'Éternel. »)

Je ne sais pas à quoi je m'attendais, mais quand je suis descendue de mon vélo et que je suis entrée dans le poste de garde, il n'y avait qu'Alice, Tommy et Mark. C'était ça, la fête. Ils avaient de la bière et ils sentaient l'eau de Javel parce qu'ils venaient de nettoyer les douches. Même si j'avais passé mon été à la piscine, je n'étais pas aussi bronzée qu'eux. Je me souviens que Tommy pelait un peu au niveau des épaules et que la peau, en dessous, était aussi rose qu'une gomme neuve.

Alice était déjà un peu soûle. C'était flagrant. Elle était collée à Mark, le coude planté dans ses côtes, et elle riait avec lui d'une blague qu'eux seuls comprenaient.

— Viens, on va nager, m'a dit Tommy.

Je crois qu'il avait senti qu'Alice et Mark voulaient rester seuls. Heureusement, j'avais enfilé mon bikini sous mes vêtements.

La nuit, sans les hurlements des enfants et sans les coups de sifflet, la piscine était très différente. Après avoir bu une bière, je plongeai dans l'eau sans provoquer la moindre éclaboussure et m'enfonçai vers le fond où je laissai courir mes doigts le long des marquages noirs et glissants qui délimitaient les couloirs. Je remontai un instant, avant de replonger aussitôt. J'avais envie de rester là pour l'éternité, de profiter de la sensation d'être un peu éméchée et sous l'eau. Si j'étais sortie, il aurait fallu que je discute avec Tommy alors que sa simple présence me coupait le souffle. C'était quasiment mission impossible.

— Où est Alice ? demandai-je quand je refis enfin surface.

Tommy était assis au bord de la piscine, les pieds dans l'eau. Il buvait une bière. Il haussa les sourcils. Il était canon. Même maintenant, après tout ce qui s'est passé, je le pense toujours.

— D'après toi ? me répondit-il, comme si j'étais longue à la détente.

Je retournai sous l'eau, en me demandant combien de temps j'allais y rester, cette fois, ou ce que j'allais bien pouvoir dire quand je remonterais. J'adorais Alice quand on était toutes les deux, qu'on mangeait une glace ou de la pâte à cookies, quand on se peignait les ongles des pieds en vert ou qu'on se racontait des blagues débiles, mais des fois, quand Alice était avec un mec qui l'intéressait, je me sentais mise de côté.

Comme si je ne savais pas où me placer par rapport à eux.

Comme si je savais qu'aucun garçon ne m'aimerait jamais de cette façon.

Je refis surface et quelqu'un s'écria :

— Hé, Kelsie ! On rentre ?

C'était Alice. Elle sortait des vestiaires, suivie par Mark, dont le visage était un peu rouge. Tommy lui adressa un regard interrogateur et ils éclatèrent de rire. Alice passa la main à l'intérieur de son bas de maillot vert humide et tira dessus, comme pour le remettre en place. Quand elle le lâcha, il claqua contre ses fesses. Elle avait un corps parfait. Ce n'était pas la première fois que je le remarquais, et je l'enviais beaucoup.

— Il s'est passé quelque chose avec Mark, pas vrai ? lui demandai-je cette nuit-là, quand on se retrouva seules dans l'obscurité, dans son lit deux places.

On avait été trop fatiguées pour prendre une douche. Du coup, l'air et les draps empestaient le chlore. J'avais rassemblé mon courage avant de poser la question car je savais que la réponse risquait de me rendre jalouse. Quelque part, je n'avais pas envie de le savoir, mais c'était plus fort que moi.

Alice s'était contentée de rire de façon tonitruante, comme elle en avait l'habitude.

— Mon Dieu ! Qu'est-ce que tu racontes ? s'exclama-t-elle en roulant sur le ventre et en détournant la tête. Il part pour la fac dans une semaine. On est amis, c'est tout.

Je me souviendrai toujours de la façon dont elle a rigolé. De la façon dont elle a dit : « Qu'est-ce que tu racontes ? » Sur le même ton que le « D'après toi ? » de Tommy Cray, un peu plus tôt, à la piscine.

Comme si j'étais longue à la détente.

J'étais sûre à quatre-vingt-dix-neuf pour cent qu'elle mentait et c'était ce qui m'énervait le plus. Les meilleures amies ne sont pas censées se mentir. Pas à propos des mecs.

La semaine d'après, je suis tombée sur Maggie Daniels (le bras droit d'Elaine O'Dea) au rayon papier toilette du supermarché où ma mère m'avait envoyée faire les courses. On était en train de se dire qu'on n'avait pas du tout envie de retourner en cours et on se mettait à jour sur les potins quand Maggie a lâché :

— Alors, qu'est-ce que tu penses de Mark Lopez et d'Alice ?

— De quoi tu parles ? lui demandai-je.

— Non ? Tu n'es pas au courant ? Je croyais que tu étais sa meilleure amie !

— Euh oui, mais je ne vois pas à quoi tu fais allusion, répondis-je nerveuse à l'idée de passer pour la seule à ne pas être dans la confidence.

— Demande à Alice, me dit-elle. Mark raconte à tout le monde ce qui s'est passé.

Elle riait comme si c'était une blague que je ne pouvais pas comprendre. Et dans un sens, ça l'était.

Je rentrai à la maison d'un pas pressé, les bras lourds de courses. Mes tongs claquèrent contre le trottoir pendant tout le trajet. À peine les courses rangées, je me dépêchai d'envoyer un message à Alice.

J'ai croisé Maggie. Il s'est passé quoi avec Mark L. ?

Moins de deux secondes plus tard :

C'était débile.

Quoi ?

Promets-moi de n'en parler à personne.

Comme d'habitude, dans cette ville, tout le monde était déjà au courant, mais je répondis :

Tu sais que je ne dirai rien.

J'arrive.

— Alors ? demandai-je en ouvrant la porte d'entrée à la volée.

Alice jeta un coup d'œil derrière moi.

— Je suis toute seule, lui annonçai-je. Mon père travaille et ma mère et ma sœur sont à l'église.

Elle se laissa tomber sur le canapé, puis remonta ses genoux contre sa poitrine.

— C'était vraiment stupide, dit-elle. Je ne sais même pas pourquoi je l'ai fait.

— Quoi ? répétai-je, agacée et jalouse à la fois.

Sa voix diminua jusqu'à devenir un murmure.

— Je lui ai fait une pipe, avoua-t-elle.

— Dans les vestiaires ? demandai-je, en chuchotant aussi.

Alice hocha la tête. Je me souviens qu'elle avait recoiffé ses cheveux derrière ses oreilles et qu'elle m'avait regardée comme si on l'avait surprise en train de tricher à un contrôle pour lequel elle n'avait pas assez étudié. À la fois gênée et en colère contre elle-même.

— C'était stupide, fit-elle. C'est pour ça que je ne t'ai rien dit ce soir-là. C'est… c'est arrivé comme ça. On avait bu. Je ne sais pas. Enfin, ce n'était pas mon petit ami ni rien. Et c'est juste… je ne dis pas que c'était mal, ni rien. C'était juste… stupide.

— Tu ne l'avais pas fait avec Tucker ? demandai-je en repensant au fait qu'elle avait perdu sa virginité en troisième.

Alice secoua la tête. Pendant un instant, elle baissa les yeux vers ses mains. Je ne savais pas trop ce qu'elle ressentait, mais une part de moi pensait que faire ça à un mec était beaucoup plus grave que de coucher avec lui. Pourquoi Alice l'avait-elle fait alors qu'elle ne sortait même pas avec Mark ? J'aurais voulu lui poser la question, mais j'avais le sentiment qu'elle n'avait pas envie d'en parler.

— Tu le revois de temps en temps ? lui demandai-je.

Je n'arrivais pas à croire la jalousie qu'elle m'inspirait. Ce qu'Alice avait fait était stupide, digne d'une fille facile, mais j'étais jalouse qu'elle ait une histoire à raconter et pas moi. Comme d'habitude.

Et puis, surtout, je lui en voulais. Je lui en voulais de m'avoir menti.

— Il ne m'a pas appelée, ni rien, depuis ce soir-là, me confia Alice en relevant enfin les yeux. Et maintenant, il est parti à la fac.

Sa réponse me soulagea. Je sais que ce n'est pas sympa de dire ça, mais c'est la vérité.

— Pourquoi est-ce que tu m'as menti, alors ? demandai-je.

Alice prit une grande inspiration. On aurait dit qu'elle choisissait ses mots avec soin. Elle avait le même air que lorsqu'elle résolvait un problème de maths.

— Kelsie, c'est juste que… tu sais… tu n'as jamais… été avec quelqu'un… de cette façon. Et il n'y a… rien de mal à ça, OK ? Mais… c'est juste que… une fois qu'on a couché avec quelqu'un… je veux dire…

— Tu m'as menti parce que je suis vierge ? dis-je.

Je pris un air insulté parce que… je me sentais insultée. Elle me parlait comme si j'étais attardée ou sourde, voire les deux. J'étais tellement en colère que je détournai les yeux et fixai le mur derrière nous. Ma mère y avait accroché un cadre jaune qui disait : « C'est ici la journée que l'Éternel a faite : qu'elle soit pour nous un sujet d'allégresse et de joie ! *Psaume 118:24* » Je mourais d'envie de lui balancer quelque chose à la figure.

— C'est que… je veux dire…, balbutia Alice.

— C'est pas grave, la coupai-je. C'est pas grave.

Mais ça l'était. C'était même très grave.

Après ça, je ne lui ai plus jamais fait confiance. Malgré tout, elle est restée ma meilleure amie et on a passé l'année de seconde à dormir l'une chez l'autre, à veiller tard le soir pour discuter, à accuser l'autre d'avoir pété, et à rire si fort que mon père déboulait dans le salon et nous criait de nous calmer. Les choses étaient plus ou moins normales entre nous. La vérité, c'est que je l'aimais toujours.

Mais la confiance n'était plus là.

Plus à cent pour cent en tout cas.

Je n'arrêtais pas de repenser à cette nuit-là, dans sa chambre qui empestait le chlore, où je m'étais sentie si stupide. À la façon dont elle avait détourné la tête. À la façon dont elle s'était moquée lorsque je lui avais parlé de Mark. À la façon dont elle m'avait dit que je n'avais rien compris… et quelque part, c'était le cas.

Je crois que c'est pour ça que je ne lui ai rien dit quand le Truc Trop Horrible a eu lieu.

Je crois que c'est pour ça que je n'ai eu aucun mal à m'éloigner d'elle quand les rumeurs ont commencé, ni à lui dire au revoir. Ça a été aussi facile que de nager en pleine nuit après avoir bu une bière. Aussi facile que de me souvenir des paroles des chansons de *Grease 2*. Peut-être même trop.

KURT

J'observais Alice avec beaucoup plus d'attention depuis ce jour d'automne où je l'avais vue pleurer sur les gradins. J'aurais aimé l'aborder, mais j'avais du mal à trouver une excuse valable. À l'école, je ne parlais pas beaucoup avec les filles, ni avec qui que ce soit, d'ailleurs. Ce comportement peut paraître inhabituel pour certains, mais, pour moi, c'était normal. La seule personne pour qui je faisais une exception était monsieur Becker, mon prof de physique. C'était un des rares enseignants de Healy High qui avait l'air plus intéressé par sa matière que par ce qui se passait sur le terrain de foot ou aux entraînements de pom-pom girls. Je me demandais souvent pourquoi quelqu'un comme lui était resté à Healy, pourquoi il avait choisi de ne pas se marier et de vivre dans un garage derrière la maison de sa sœur (alors qu'il aurait très bien pu s'offrir un meilleur logement, j'en suis certain). En tout cas, il était assez bon enseignant pour pouvoir se faire muter dans une plus grande école. Où il aurait gagné davantage. Et aurait eu des élèves d'un meilleur niveau.

La veille, lui et moi, on avait discuté gravité quantique dans sa salle de classe en désordre. Comme c'était Halloween, tout le monde s'était déjà sauvé pour se préparer à une nuit de débauche et de farces. Tout le monde sauf moi, bien sûr. À un moment, pour relancer la conversation, je lui demandai pourquoi il n'avait jamais quitté la ville.

— C'est un véritable plaisir d'être ton professeur et de discuter avec toi, dit-il. Tu es très intelligent.

Il s'adossa à sa chaise, les mains derrière la tête, et je vis qu'il avait des auréoles jaunes sous les bras. Si monsieur Becker avait conscience de leur existence, il n'en laissa rien paraître. Il n'avait pas l'air de se soucier non plus de sa calvitie naissante, ni de ses cicatrices d'acné ou des taches sur sa cravate.

Ça, pour être intelligent, je le suis. Suffisamment pour savoir que je ne voulais pas finir comme lui. Ou pour comprendre qu'il aurait eu plus de mal à me donner des conseils sur la façon dont aborder Alice que sur la gravité quantique.

Lorsque je sortis de sa salle de classe, un peu plus tard, cette histoire de filles me tracassait toujours. Enfin, pour être tout à fait honnête, il n'y en avait qu'une qui m'intéressait… et, comme par magie, elle apparut soudain, aussi réelle et belle que dans mes rêves. Alice Franklin. Elle se tenait devant la porte de monsieur Commons. Ses formes gracieuses étaient dissimulées sous son sweat informe. Et pour une fois, elle n'avait pas relevé sa capuche. Aussi, sa coupe à la garçonne attira aussitôt mon regard. Sa nuque était incroyable de délicatesse, à tel point que je dus détourner les yeux.

Je me baissai pour refaire mes lacets, pour avoir l'air occupé. Ce n'était pas très recherché, j'en ai conscience, mais ça me permit d'entendre monsieur Commons qui lui parlait de façon agressive à propos du devoir qu'elle tenait à la main.

— Non, Alice. Il n'y a pas de notes de rattrapage dans ma classe, disait-il pendant que je défaisais mes lacets pour mieux les refaire. J'ai conscience qu'un 12,5 va faire chuter ta moyenne, ma petite, mais il faut que tu écoutes davantage en classe.

Monsieur Commons n'avait pas prononcé les mots « ma petite » de façon rassurante ou réconfortante. Non. Son ton faisait plutôt penser à celui d'un parrain de la mafia dans un film de série Z. Il était condescendant.

— OK, d'accord, répondit Alice d'une petite voix.

J'attendis que monsieur Commons lui propose de l'aider ou de lui trouver des cours particuliers, mais je savais qu'il ne le ferait pas. Quand j'avais assisté à son cours d'algèbre intermédiaire en première année, il avait trouvé amusant de m'envoyer au tableau et de me laisser enseigner aux autres les principes de base pendant qu'il se tournait les pouces derrière son bureau. (Maintenant, vous comprenez pourquoi je n'ai aucun ami à Healy High.) J'attendis même qu'il sous-entende que ce qui était arrivé à Alice cette année avait eu une influence sur ses notes, qu'être la garce qui avait tué la star des quarterbacks l'avait sans doute empêchée de se concentrer sur ses études, mais il n'ajouta rien. Pourtant, j'étais certain qu'il était au courant. Il ne devait simplement pas se sentir concerné. Peut-être était-il même ravi qu'Alice ait de moins bonnes notes. Ça ne m'aurait pas étonné, vu qu'il était l'assistant de l'entraîneur de foot.

Quand Alice sortit et me dépassa, je restai penché en avant comme un bossu obsédé par sa chaussure. J'ignore si elle s'était rendu compte de ma présence. Ce soir-là, alors que j'étais assis dans ma chambre, une idée me vint. Elle m'apparut d'une manière fulgurante, un peu comme mes idées sur la gravité quantique et la théorie des jeux, mais celle-ci était beaucoup plus excitante. C'était l'idée qui allait tout changer.

Cependant, avant d'agir, il fallait que je m'interroge : avais-je vraiment envie de bouleverser l'ordre établi ? Pour être honnête, l'état des choses me convenait très bien. Ou me satisfaisait, du moins. J'avais trouvé un système qui me permettait de mener une existence relativement calme où l'on me laissait vivre ma vie et où je possédais la douce satisfaction de rester moi-même. Bien sûr, j'avais enduré les clichés lycéens relatifs aux personnes de ma trempe sociale : me faire traiter d'intello par les sportifs ou subir des gestes obscènes à chacune de mes interventions en cours, alors que les jolies filles levaient les yeux au ciel lorsque je posais trop de questions aux professeurs... Mais au fil du temps, la communauté s'était habituée à moi et moi à elle, et, petit à petit, cet aspect de ma vie avait fini par disparaître. J'étais Kurt Morelli, l'extraterrestre qui avait obtenu l'autorisation temporaire de résider dans leur monde. À part ça, j'avais ma petite routine. Le soir, je lisais ou je discutais sur Internet de sciences et de littérature avec des étudiants ou des professeurs de ma section. Le samedi après-midi, je regardais des documentaires d'histoire avec ma grand-mère. Je pouvais aussi parler avec monsieur Becker, au lycée, et il ne me restait qu'un an et demi avant d'entrer à la fac. Alors, pourquoi changer ?

Je me rappelai alors les genoux magnifiques d'Alice Franklin, son beau visage et ses larmes, sur les gradins, après les cours, ce jour-là. Je me rappelai tout ce que je savais sur elle. Jusqu'à ce que l'air me semble irrespirable. Alors, je sus que je devais aller au bout de mon idée. Avant de perdre le peu de courage que j'avais, je déchirai un morceau de papier dans l'un de mes cahiers et passai une heure à rédiger ceci :

Alice,

Je me demandais si tu serais intéressée par des cours du soir d'algèbre intermédiaire. Je me souviens de t'avoir aidée avec tes devoirs de géométrie l'année dernière et je me suis dit que tu aurais peut-être besoin de tutorat. Dans ce cas-là, fais-moi signe. Je serai ravi de te rendre service. Les maths sont une de mes matières préférées.

Cordialement,

Kurt Morelli.

Le matin suivant, je pliai le papier en deux et le glissai à travers l'aération du casier d'Alice. Et l'attente commença.

Elaine

Je sais que je suis jolie. Je ne suis pas canon, comme une actrice, mais je suis jolie. On me remarque dans la rue. J'ai de longs cheveux blond foncé qui ne graissent jamais. (Je les lave tous les jours quand même.) J'ai des yeux verts qu'on remarque. Je mesure 1,65 mètre, la taille idéale : je ne dépasse aucun mec, mais je ne suis pas non plus trop petite pour les basketteurs. Et ma peau est tellement nette que j'en deviens parano. Je suis sûre que je vais me réveiller un matin, avec des tonnes de boutons sur le visage pour rattraper le temps perdu.

Le seul problème, c'est mon corps. J'ai beaucoup de courbes. Mes seins sont plutôt gros (pas énormes non plus, mais assez pour avoir dû porter un soutif dès le CM2). Mes fesses sont plutôt volumineuses, elles aussi. Ou, du moins, très rebondies. En général, je ne me plains pas. Je trouve même que j'ai un très beau corps.

Je me dis que si ce n'était pas le cas, il y aurait beaucoup moins de mecs qui voudraient sortir avec moi, ou venir à mes soirées. Surtout à THE soirée.

En fait, c'était une idée de dernière minute. Quand je pense que tout ce qui s'est passé cet automne est parti d'une fête que je ne devais même pas organiser ! Jusqu'à l'après-midi même, je n'avais rien prévu du tout. Quand je suis descendue chercher un truc à manger, ma mère était dans la cuisine, la tête dans le frigo, comme si elle attendait que le jus d'orange lui réponde.

— Elaine, a-t-elle dit en sortant un sac plastique rempli de raisins (0 point Weight Watchers).

Elle attrapa quelques grains.

— Tu sais à quoi je pensais ?

J'ai levé les yeux au ciel parce que je savais pertinemment ce qu'elle allait me dire.

— Tu veux te réinscrire à Weight Watchers, lui ai-je répondu.

— Comment tu as deviné ?

La question, c'était plutôt : comment aurais-je pu *ne pas* deviner ? Quand ma mère contemple l'intérieur du frigo comme un prisonnier de guerre sur le point d'être fusillé, c'est qu'il est temps de retourner aux réunions Weight Watchers. Quand ma mère se plaint parce que son jean est trop serré, c'est qu'il est temps de retourner à Weight Watchers. Quand on commande des pizzas et que ma mère se serre une troisième part, la repose, puis la mange en grimaçant… Weight Watchers.

Si ma mère rempile, je rempile aussi. C'est comme ça depuis que j'ai quatorze ans et ça m'énerve !

Ma mère a perdu dix kilos tellement de fois que si je les additionnais, je pourrais lui créer un double. Je le sais, parce que je les ai perdus aussi, et vu la façon dont elle regarde les grains de raisin, je sais très bien ce qui m'attend. Des réunions le samedi matin, pour écouter une vieille dame parler de ses yaourts grecs (3 points) et du fait qu'elle n'arrive pas à trouver du temps pour faire du sport alors qu'elle est à la retraite. Me peser derrière un rideau en retenant ma respiration, au cas où ça jouerait sur mon poids. Calculer les points de tout ce que je mange, jusqu'à ne plus pouvoir regarder un Snickers (8 points) sans faire de l'algèbre de haut niveau.

Puis, ma mère notera la valeur des points au marqueur noir sur les emballages de toute notre nourriture « spécial Weight Watchers » et les rangera sur une étagère du frigo et du placard. Et si elle va au bout de son délire, elle collera même un Post-it dessus qui dira « Pour le régime de maman et Elaine – Ne pas toucher ! », ce qui est ridicule, puisque la seule autre personne qui vit dans cette maison, c'est mon père et qu'il ne toucherait à nos plats de « régime » pour rien au monde, même si ça devait assurer la victoire des Tigers pour le restant de ses jours.

— Tu viens avec moi, ma chérie ? m'a demandé ma mère. Cette fois, je m'y tiens, c'est sûr.

Je me suis servi un énorme bol de corn flakes, puis je suis allée chercher du sucre et j'en ai recouvert mes céréales (on s'en fout du nombre de points).

— J'y suis vraiment obligée, maman ?

— Elaine, c'est beaucoup plus drôle si on le fait à deux, tu le sais bien. Et puis, il faut que tu fasses attention à ta silhouette, toi aussi, ma puce. L'entraînement de pom-pom girls recommence à l'automne. Tu ne veux pas avoir l'air trop serrée dans ton uniforme, quand même ?

Traduction : grosse.

— D'accord, ai-je répondu.

J'ai pris une pleine cuillerée de lait et j'ai laissé le sucre se dissoudre doucement dans ma bouche, comme pour lui dire au revoir.

Après, ma mère m'a dit que papa et elle allaient dîner chez sa sœur, à Dove Lake, et y passeraient la nuit. Ça voulait dire qu'ils allaient sûrement trop boire et qu'ils auraient la flemme de faire trente kilomètres en voiture pour revenir à Healy. Elle me proposa de les accompagner.

— Non, je crois que je vais rester ici. Est-ce que je peux inviter deux ou trois personnes ?

Ma mère a avalé un grain de raisin en me dévisageant.

— Tu veux organiser une fête ?

— Non, je veux juste inviter des amis.

Ma mère n'est pas idiote. D'accord, l'argent qu'elle a donné à Weight Watchers aurait pu financer mes études, mais pour le reste, elle n'est pas stupide. Elle est allée à Healy High, elle aussi. Elle sait qu'il n'y a rien à faire ici, à part squatter le parking du lycée pour boire de la bière… Du coup, elle s'est peut-être dit que c'était mieux qu'on la boive dans le salon.

— Elaine, promets-moi que ça ne dégénérera pas, OK ? Personne dans les chambres. Vous vous limitez au salon et à la cuisine. Et ne laisse pas partir les personnes qui auront trop bu.

— D'accord, c'est promis, lui ai-je répondu.

Je savais qu'elle avait conscience qu'elle m'était redevable parce que j'avais accepté de reprendre Weight Watchers avec elle.

Après avoir terminé mes céréales, je suis retournée dans ma chambre et j'ai envoyé un message à la bande habituelle. Je leur ai dit de venir vers 21 heures et d'inviter qui ils voulaient. J'ai même précisé à ceux qui pouvaient d'emmener de l'alcool. Ensuite, j'ai discuté de ce que j'allais porter avec quelques amies, j'ai répondu à Kelsie Sanders en lui disant de ne pas s'en vouloir de ne pas pouvoir venir parce qu'elle était malade. De toute façon, on allait sûrement s'ennuyer à mourir. J'ai aussi lu le message de Brandon Fitzsimmons qui me demandait si j'avais assez de bière pour tenir la soirée. Je lui ai répondu qu'il valait mieux en avoir plus que pas assez, puis je me suis demandé s'il se passerait quelque chose entre nous, ce soir-là. On n'était plus du tout ensemble, mais ça ne pouvait pas faire de mal. Je n'arrivais vraiment pas à comprendre comment ma mère pouvait me trouver grosse alors que j'avais un tel passif avec le mec le plus sexy et le plus populaire du lycée. Et puis, les hommes aiment les filles avec des formes. C'est *Glamour* qui le dit.

À 21 h 30, tout le monde était là. Par tout le monde, j'entends les vingt ou trente élèves qui entraient en première, et les vingt ou trente autres qui passaient en terminale et qui étaient assez cool pour être invités à ma soirée. Il y avait aussi des anciens de Healy High qui allaient bientôt partir à la fac (c'est pour ça que Tommy Cray était là) et enfin, mais on s'en moque un peu, plusieurs représentants des futurs secondes, les plus populaires de leur classe. Ils avaient l'air mal à l'aise, avec leur bière à la main, comme s'ils n'arrivaient pas à se rendre compte de leur chance.

— Elaine ! Où est-ce que tes parents rangent leur whisky ? me demanda Josh Waverly depuis la cuisine.

— Ils ne boivent pas de whisky, répondis-je.

C'était un mensonge. J'avais caché les alcools forts dans le grenier. Si je ne voulais pas que ma mère me tue, on devait se limiter aux cannettes de Kro et de Bud que les autres avaient piquées dans le frigo de leurs parents.

— Oh, Elaine, tu sais que tu mens. Où est-ce que tu as caché le whisky ? pleurnicha Josh. J'ai besoin de whisky.

Il commençait déjà à être bourré. C'était évident.

— T'as surtout besoin de baiser, lança Brandon Fitzsimmons depuis le canapé, où il était en train de boire sa quatrième bière.

L'espace d'un instant, je me rappelai la première fois où on a couché ensemble, pendant les vacances de Noël de troisième. Je me souvenais de tous les détails. Tout était parfait chez lui : son corps, sa peau, ses yeux… et son côté grand sportif que j'adorais. Il aurait pu remporter le Super Bowl et m'embrasser pendant des heures dans la foulée sans ressentir la moindre fatigue.

— Comme si tu savais ce que ça fait ! rétorqua un joueur de foot totalement débile en entrant dans la pièce avec une bite en chantilly allégée dessinée sur son torse nu.

Sérieux. Il avait vraiment dessiné ça à la bombe sur son torse. (Crème Chantilly allégée = 0 point !)

— Oh mon Dieu !

Mon amie Maggie s'était cachée sous un coussin, en faisant mine d'être choquée, mais ça se voyait qu'elle trouvait ça drôle, comme tout le monde d'ailleurs.

Moi, j'avais déjà bu plusieurs bières, assez pour planer, mais pas plus. Je m'amusais sans perdre le contrôle. Je me baladais de la cuisine au salon, en passant par la terrasse pour discuter avec les gens, m'informer des derniers potins ou prendre une autre bière... À un moment, j'aperçus Alice Franklin dans un coin, avec Brandon. Elle était assise sur ses genoux et elle rigolait. Non, mais franchement. Elle n'avait pas d'autre endroit où s'asseoir ? Ça me rappelait ce bal de quatrième où je les avais surpris dans le vestiaire, alors que Brandon et moi, on s'était remis en couple. Ce soir-là, elle portait un tee-shirt framboise moulant qui faisait ressortir son rouge à lèvres et mettait en valeur sa poitrine parfaite. Elle était toujours aussi jolie. Peut-être même davantage.

Je mourais d'envie de la frapper.

Au lieu de ça, je les ignorai tous les deux et attrapai une autre bière. Puis, je suivis Maggie sur le perron et je piquai la cigarette de quelqu'un. Comme il commençait à se faire tard, je me suis dit qu'il fallait que je surveille ce qui se passait à l'étage. Ce n'était pas aussi bondé que dans les films, mais il commençait à y avoir pas mal de monde. J'avais surtout peur que des gens baisent dans la chambre de mes parents. Avant que tout le monde n'arrive, j'avais scotché un papier sur la porte qui disait « N'entrez pas où vous ne serez plus jamais invité à aucune soirée ! », mais ça n'arrête pas toujours les gens bourrés.

À l'étage, il faisait frais et, comparé au niveau sonore du rez-de-chaussée, c'était plutôt calme. Le plancher craquait sous la moquette que mes parents avaient fait poser dans toutes les chambres au début de l'été. L'odeur de neuf imprégnait encore l'air. Je frappai avant d'ouvrir. La pièce était vide et plongée dans le noir. Leur lit n'avait pas été défait.

C'est alors que j'entendis des voix dans ma chambre. J'avançai jusqu'à ma porte et, cette fois, l'ouvris sans frapper. Brandon Fitzsimmons était assis sur mon lit. À côté de lui, debout, se tenait Alice Franklin. Elle grimaçait, comme si elle était mal à l'aise.

— Coucou Elaine, s'exclama-t-elle avec un hoquet de surprise, comme si elle aurait préféré que je ne la surprenne pas ici.

Brandon avait un cahier posé sur ses genoux. Il le lisait à voix haute avec un sourire moqueur.

— « Quand j'ai dû mettre un soutien-gorge en CM2, ma mère m'a dit que c'était une chance », lut-il en prenant une voix aiguë, comme s'il essayait d'imiter une fille. « Mes fesses sont plutôt rondes, je sais, mais je trouve qu'habillée, ça passe plutôt bien. »

Il releva la tête pour me regarder.

— Ah ça, oui, je le sais. Mais tu es encore mieux sans vêtements.

Brandon lisait mon journal intime. À voix haute. Devant Alice. J'avais dû oublier de le ranger… et il l'avait trouvé.

Le mec avec lequel je n'arrêtais pas de casser, puis de me remettre en couple, celui à qui j'avais offert ma virginité, était en train de lire ce que j'avais écrit sur mon gros cul.

Brandon reprit.

— « Je me suis mise toute nue devant le miroir pour me regarder sous tous les angles et je me trouve plutôt pas mal comme ça aussi. »

Oh mon Dieu.

— Rends-moi ça ! criai-je.

Quand je tentai de récupérer mon journal, il m'attrapa par le poignet et me plaqua contre le lit. Il avait tellement de force qu'il pouvait me tenir d'une main et garder mon journal ouvert avec l'autre.

— « Je sais que j'ai de gros seins, mais c'est le cas de toutes les femmes de la famille, y compris ma mère », lut-il en haussant les sourcils. Ta mère a de gros nichons ? Il faudra que je regarde ça, la prochaine fois !

Il riait fort, de cette façon qui montrait qu'il était sûr de lui et que j'adorais d'habitude. Mais à cet instant, ça me rendait malade. Il jeta le cahier sur le côté et se colla contre moi, ses mains sur mes poignets et ses genoux emprisonnant mes jambes. Même si je l'avais voulu, j'aurais été incapable de bouger. J'avais couché avec lui ici, sur ce lit, et ça avait été agréable. Tendre, même. Mais le Brandon de ce soir me foutait les jetons.

— Laisse-moi voir tes gros nichons, dit-il en haletant. Tu sais que je les ai déjà vus.

Il était tellement bourré que ça devenait n'importe quoi. Son visage était rouge et de petites gouttes de sueur perlaient à la racine de ses cheveux. Alice Franklin restait plantée là, comme si elle avait payé pour voir le show.

Au bout d'un moment, elle lança :

— Allez viens, Brandon, on s'en va.

Sa voix était toute faible, on sentait qu'elle était gênée.

Brandon me regarda et, l'espace d'un instant surréaliste, ses yeux me parurent... complètement vides. Comme s'ils n'exprimaient aucune émotion, aucun sentiment, rien. Et puis, d'un seul coup, comme s'il avait décidé que je l'ennuyais, il me libéra et se leva. Sous moi, le matelas rebondit une ou deux fois. Le grincement des ressorts ressemblait à des cris de souris.

— Allez Elaine, tu sais que je t'aime, mon cœur, dit-il en retrouvant son air de star du foot à qui on pardonne tout.

— Je suis désolée, ajouta Alice.

Elle se pencha pour ramasser mon journal, par terre.

— À quoi vous jouez ? m'écriai-je en le récupérant et en les désignant tous les deux d'un air dégoûté. C'est un remake de la quatrième, c'est ça ?

Brandon prit Alice par la main et sortit de la pièce en titubant. Elle le suivit.

Je restai dans ma chambre pendant ce qui me parut une éternité. J'avais beaucoup trop honte pour redescendre. Et s'ils avaient répété à tout le monde ce que j'avais écrit ? J'attrapai mon journal et le fourrai dans mon placard, sur l'étagère du haut, sous la boîte pleine de bulletins scolaires et d'exposés que ma mère m'avait obligée à garder. Je ne voulais plus jamais le revoir.

J'attendis un long moment que quelqu'un vienne me chercher, mais personne ne vint. J'avais sûrement piqué du nez parce que lorsque je jetai un coup d'œil à mon réveil, il était déjà minuit quarante-cinq. Merde. Je priai pour qu'ils n'aient pas détruit la maison.

Pas de chance. Il y avait des bouteilles et des cannettes partout. Dans un coin du salon, quelqu'un avait renversé une bière entière et n'avait même pas pris la peine de nettoyer. J'avais mal à la tête et mon corps tout entier me paraissait endormi.

C'était la dernière fois que j'organisais une fête.

— T'étais où ? me demanda Maggie, lovée dans le canapé, la tête sur les genoux de Josh Waverly, qui pianotait sur son téléphone.

Il restait encore quelques personnes. La plupart finissaient les fonds de bouteilles, d'autres dormaient ou regardaient MTV à faible volume.

J'aperçus Brandon Fitzsimmons assis par terre, le dos contre le mur, le portable sur les genoux. Il n'avait pas encore dessoûlé et regardait dans le vide. Alice n'était nulle part en vue.

— Je me suis endormie, répondis-je en ramassant plusieurs bouteilles pour les emmener dans la cuisine. Il va falloir que vous partiez ou que vous m'aidiez à nettoyer.

Tandis que je me dirigeais vers la poubelle, j'entendis Josh Waverly hoqueter de surprise.

— T'es sérieux, mec ?

Je posai délicatement les bouteilles au sommet de la montagne déjà formée et retournai dans le salon. Josh avait les yeux rivés sur son portable. Il tourna la tête vers Brandon qui souriait en coin. Celui-ci haussa deux fois les sourcils, très vite.

Josh lui demanda encore une fois s'il était sérieux.

Brandon fit le même geste, mais avec un grand sourire.

— Qu'est-ce qui se passe ? demanda Maggie.

Elle s'empara du téléphone pour voir de quoi il s'agissait, puis traita Brandon de pervers.

— Qu'est-ce qui vous fait rire, au juste ? demandai-je en jetant un coup d'œil par-dessus l'épaule de Josh pour lire le message qu'il venait de recevoir de Brandon.

Tommy et moi on s'est tapé Alice Franklin.

C'est ce qui était écrit. Les dix mots qui allaient tout changer.

Je relus le message de Brandon.

Tommy et moi on s'est tapé Alice Franklin.

— Qui est passé en premier ? demanda Josh en reniflant.

L'espace d'un instant, je crus qu'il était dégoûté, puis il sourit à Brandon comme s'il lui avait fait la passe du siècle.

— Tu as vraiment besoin de me poser la question, mon pote ? répondit Brandon.

Il ouvrit les bras en grand comme pour se préparer à recevoir nos louanges. Maggie leva les yeux au ciel et sortit son portable pour envoyer des messages. Tout Healy High serait au courant avant le lever du soleil.

À la rentrée, on ne parlait que de ça. Alice Franklin avait couché avec deux mecs d'affilée dans ma chambre d'amis. Deux mecs en une heure. Rien que d'y penser, j'avais envie de vomir. Non mais, quel genre de fille fait ça ?

Je n'arrêtais pas de la revoir à ma fête, assise sur les genoux de Brandon, parfaite. Ou debout à côté de lui pendant qu'il lisait mon journal, son corps fin, ses seins et ses fesses d'enfer. Elle avait dû jubiler quand Brandon avait trouvé mon journal. Je l'imaginais très bien lui demander de lire à voix haute, puis faire semblant d'être désolée en me voyant arriver. Elle avait poussé le vice jusqu'à le ramasser et me le rendre.

Sérieux. On parle d'une fille qui a séduit un mec alors qu'il était de nouveau en couple avec une autre, une fille qui couche avec deux types en une seule nuit, une fille qui se tape n'importe qui à la piscine. C'est la honte de la gent féminine.

Elle avait beau se comporter comme si de rien n'était, elle ne pouvait pas ignorer que tout le monde parlait dans son dos. Même les nouveaux étaient au courant !

Hé ! Tu as entendu ce qui s'est passé entre cette fille de première, Alice, et les deux mecs à une soirée ?

Alice a couché avec Brandon Fitzsimmons et un autre mec cet été.

OMG cette Alice Franklin est trop une fille facile !

Même les adultes se sont mis à en parler. Un matin, on rentrait d'une énième réunion Weight Watchers, quand ma mère s'était tournée vers moi à un feu rouge et m'a demandé :

— Je n'arrête pas d'entendre des rumeurs à propos d'Alice Franklin. Elles sont vraies ?

— Cette fille est une vraie salope, répondis-je.

Ma mère serra le volant un peu plus fort et me demanda de ne pas utiliser ce mot, mais elle continua de me poser des questions. Je lui répondis du mieux que je pouvais. J'aurais cru qu'elle serait énervée de savoir que tout s'était passé à la maison, mais il était clair que ce qui l'intéressait, c'était ce qui se racontait sur Alice et si sa mère était au courant.

Peut-être qu'elle cherchait à se changer les idées parce qu'elle avait pris un kilo, mais j'avais l'impression qu'elle aurait été tout aussi intéressée sans ça.

Et puis, Brandon Fitzsimmons est mort.

La nouvelle s'est très vite répandue et la rumeur qu'Alice avait provoqué l'accident en lui envoyant des sextos, encore plus. Personne ne savait ce qu'il y avait dans ces messages, mais on s'était tous mis d'accord pour dire qu'ils devaient être dégueu et pathétiques. C'était obligé, étant donné qu'ils venaient d'Alice Franklin qui, soit dit au passage, n'avait pas mis les pieds au lycée pendant une semaine quand on avait appris ce qu'elle avait fait.

Après la mort de Brandon, tout Healy High a pété un câble. Les couloirs étaient pleins d'élèves qui pleuraient, les profs nous ont demandé d'écrire ce que l'on ressentait et tout le monde a porté des rubans aux couleurs de l'école pendant au moins... une semaine. Une cellule psychologique a été mise en place et au match de foot suivant, contre Dominion, la présence de toute la ville a été presque obligatoire. Une banderole qui disait « Brandon Fitzsimmons : Healy High Tiger pour toujours » avait été accrochée à l'entrée du stade et ses parents sont allés sur le terrain à la mi-temps pour annoncer la création d'une bourse au nom de leur fils. Josh Waverly était assis sur le banc, en tenue, alors qu'il n'avait toujours pas le droit de jouer. Même l'équipe de Dominion a baissé la tête pendant la minute de silence et nous a laissés gagner.

Au bout d'un moment, Alice est revenue en cours.

C'est bizarre comme on s'est soutenus les uns les autres, à la mort de Brandon. On trouvait du réconfort dans les petits détails : les rubans aux couleurs de l'école, la minute de silence pendant l'assemblée générale, les articles de journaux que l'on découpait et que l'on collait dans nos casiers... Même quand ça s'est calmé, les gens ont conservé ce besoin de se raccrocher à quelque chose. Je veux dire, tout était plus ou moins redevenu normal : les dames de la cantine nous demandaient si on voulait un fruit ou un yaourt, le concierge passait la serpillière, les profs avaient recommencé à donner des devoirs sur des trucs qui ne nous serviraient jamais dans la vraie vie... Mais je crois que les gens avaient besoin d'avoir l'impression, je ne sais pas... qu'on se serrait toujours les coudes.

Alors, ensemble, on s'en est pris à Alice Franklin. Une moins que rien. Une garce. Une meurtrière.

Et puis, un après-midi, il s'est passé un truc de dingue. Maggie, moi et d'autres filles, on se cachait dans les toilettes pour sécher un cours. J'essayais surtout d'oublier que je mourais de faim parce que je n'avais mangé qu'une barre de céréales à midi. Kelsie Sanders était avec nous. Ça crevait les yeux qu'elle ne savait pas comment se comporter avec nous. Après tout, Alice était sa meilleure amie. Je pense qu'elle avait peur qu'on la rejette. Kelsie a toujours été sympa avec moi. Elle a toujours été super adorable. Mais il était évident qu'elle savait qu'on pouvait l'exclure du groupe à tout moment. C'est bizarre, cette sensation de pouvoir que l'on a des fois, quand on est populaire. Au moins, moi, je m'en sers pour faire le bien. C'est pour ça que j'ai laissé Kelsie Sanders traîner avec nous.

Donc, cet après-midi-là, on était toutes assises ensemble à parler de je-ne-sais-quoi, quand tout à coup, Kelsie a balancé une bombe.

— Bon, euh, il faut que je vous dise quelque chose. À propos d'Alice.

— Quoi ? Toute l'équipe de foot lui est passée dessus ce week-end, c'est ça ? plaisantai-je en cherchant mon rouge à lèvres dans mon sac.

— Non, c'est pire. Je crois qu'elle s'est fait… avorter.

Kelsie avait chuchoté le dernier mot. Mon rouge à lèvres me glissa des doigts.

— Qu'est-ce que tu racontes ? m'exclamai-je.

Avant que j'aie pu ajouter quoi que ce soit, Maggie lui demanda :

— Oh mince, ta mère t'a encore forcée à manifester ?

Maggie va à la même église de tarés que Kelsie, alors je suppose qu'elle est au courant de ce genre de trucs.

Kelsie a confirmé en levant les yeux au ciel avant de nous raconter que sa mère les traînait tout le temps, sa sœur et elle, à la clinique gynécologique pour manifester contre l'avortement et qu'elle essayait de se défiler le plus souvent possible, mais des fois, le samedi, elle se retrouvait plantée devant le portail de la clinique, une pancarte à la main.

— Avec des bébés morts dessus ? demanda quelqu'un.

Kelsie a frissonné et a répondu « oui ».

— Alors quoi ? Tu l'as vue entrer dans la clinique ? demandai-je.

— Ouais, confirma Kelsie. Le week-end dernier. Avec sa mère. Elle ne m'a pas remarquée. Elles se sont dépêchées.

— Peut-être qu'elle est juste allée voir un médecin ? fit Maggie.

Je haussai un sourcil.

— Parce qu'il n'y a pas suffisamment de docteurs à Healy ?

Bien sûr, tout le monde a été d'accord avec moi.

— Tu crois que c'était… cette nuit-là ? demanda quelqu'un d'autre.

— Le calcul est vite fait ! dis-je. Ma soirée, c'était il y a quoi ? Trois mois ? Ça tombe juste. Je suis sûre que c'est ça.

— Et le plus effrayant et le plus immonde dans cette histoire, c'est que…, continua Kelsie.

L'espace d'une seconde, je compris que c'était ce qu'elle cherchait : être le centre d'attention de notre petit groupe. Tout le monde l'écoutait.

— Je veux dire… Elle n'a aucun moyen de savoir qui est le père. Tommy ou Brandon ? Vous ne trouvez pas ça dégueulasse ?

— Carrément, murmura Maggie.

— Je n'arrive pas à croire que c'était mon amie, ajouta Kelsie. J'ai l'impression que c'était dans une autre vie.

— Carrément, répondis-je.

— Alors, elle ne te manque pas ? demanda Maggie. Tu n'as même pas pitié d'elle ?

Sa réaction m'a semblé bizarre. Après tout, Alice était responsable de la mort de Brandon. Et ce n'était pas comme si on l'avait obligée à coucher avec lui à ma fête.

Ce que Kelsie fit ensuite m'étonna. On était toujours là, dans les toilettes des filles avec le carrelage vert et blanc et les lavabos sales. En guise de réponse, Kelsie farfouilla dans son sac jusqu'à trouver un marqueur noir. Puis, elle ouvrit le cabinet le plus proche, celui du milieu, déboucha le feutre, et se mit à écrire direct sur le mur de gauche, en gros caractères :

ATTENTION !

ALICE FRANKLIN EST UNE GROSSE SALOPE QUI COUCHE AVEC TOUT LE MONDE !!!

On rigola tous un bon coup, puis je dis :

— À mon tour.

ALICE FRANKLIN A FAIT 423 PIPES !!! ÇA EN FAIT DES BITES !

J'observai le graffiti et la vitesse à laquelle l'encre brillante pénétrait dans le mur pour créer une marque noire indélébile. Derrière moi, les autres attendaient leur tour.

JOSH

Je n'arrête pas de penser à l'accident. À la sirène de l'ambulance. À la chaleur du soleil sur ma peau quand on m'a tiré de la voiture. Au temps qui s'écoule différemment à cause du traumatisme. Je ne dirais pas que je ne pense qu'à ça… mais j'y pense beaucoup. Lors de l'interrogation de Daniels à l'hôpital. Quand madame Fitzsimmons m'a posé toutes ces questions, assise sur le fauteuil de mon père.

Mais si j'essaie de me remémorer ce qui s'est passé avant et pendant l'accident… c'est bizarre. On dirait que mon cerveau fait exprès de me montrer des souvenirs qui n'ont rien à voir. Il s'arrête sur des détails débiles. Comme le stylo mâchonné de Daniels. Ou le verre de thé glacé de madame Fitzsimmons.

Pourtant, je continue d'y penser. Pendant les matchs de foot (on a perdu le dernier contre Johnston). En mangeant le ragoût de la cantine. En cours d'anglais. On est en train de lire un vieux bouquin où une nana a couché avec un mec et a eu son bébé alors qu'ils n'étaient pas mariés. C'était assez énorme à l'époque. Alors, elle a dû porter un A rouge sur sa robe tout le temps. Je trouve ça plutôt tordu.

Dans tous les cas, j'y pense jusqu'à ce que je ne puisse plus trouver d'angle de vue différent. Jusqu'à ce que mon cerveau lâche, qu'il se mette en veille ou en surchauffe.

Des fois, je me rappelle le trajet du retour, après la fameuse soirée d'Elaine. Celle où Alice a fait ce qu'elle a fait. Bref. Elaine a insisté pour que je ne conduise pas bourré. Je crois qu'elle l'avait promis à ses parents, mais j'avais vraiment envie de partir. Brandon m'a demandé en marmonnant si je pouvais le raccompagner et s'il pouvait squatter chez moi.

— OK, ai-je répondu.

Il était tellement pété que j'ai dû l'aider à monter dans la voiture. Des fois, quand je pense à cette nuit, mon esprit se remémore aussi les petites choses. Comme l'odeur de bière de Brandon, ou la sensation de sa barbe contre mon visage pendant que j'essayais de le faire rentrer dans la Chevy S-10 de mon père. Ou sa façon de rire à tout et n'importe quoi, même quand ce n'était pas drôle.

Bref. J'étais bourré. Mais, lui, il l'était encore plus. C'est pour ça que c'est moi qui ai conduit.

Après minuit, Healy est une ville morte. McDo, Walgreens, le Taille and Dye, Norauto, le cabinet d'avocats, Häagen Dazs, Burger King, Wendy's, KFC : tout était éteint. Il n'y avait personne dans les rues ; et presque aucune voiture. Même le Wal-Mart n'est pas ouvert vingt-quatre heures sur vingt-quatre. Du coup, on ne risque pas grand-chose à conduire bourré, la nuit.

Pendant le trajet, je jetai un coup d'œil à Brandon. Il était affalé contre la vitre, mais ses yeux vitreux étaient ouverts.

— Vous l'avez vraiment fait ? demandai-je.

— Fait quoi ? demanda-t-il d'une voix traînante.

— Toi, Tommy Cray… et Alice.

Brandon eut un sourire suffisant, comme si certaines images lui revenaient en tête.

— Ouais, on l'a vraiment fait, mon pote, me répondit-il. Et c'était trop bien. Alice est une chaudasse. Même avec les cheveux courts et tout.

Il se mit à rire tout en continuant de marmonner.

— Ça n'a pas dérangé Tommy de passer en deuxième ? demandai-je, même si je n'avais pas vraiment envie de connaître les détails.

— Pas du tout, répondit Brandon. Elle n'a pas arrêté d'en redemander. D'abord moi deux fois, puis Tommy une fois. Va falloir qu'on recommence bientôt.

Il bâilla si fort que j'entendis sa mâchoire craquer.

Chez moi, mes parents et mon frère dormaient. Tant mieux, pensai-je en aidant Brandon à monter jusqu'à ma chambre. Je lui prêtai un coussin. En seconde, ils avaient fait venir un mec pour nous parler des dangers de la drogue et de l'alcool. Il nous avait dit qu'il fallait toujours coucher quelqu'un qui avait bu sur le côté, pour ne pas qu'il s'étouffe avec son propre vomi. Je crois que le proviseur avait les boules, parce que d'après lui, ça nous encourageait à boire, mais c'est la seule chose dont je me souviens de tout le discours.

Comme Brandon s'était endormi, je m'agenouillai et me plaçai derrière lui. Puis, je passai les mains sous son dos pour le faire rouler sur le côté. Brandon avait des muscles partout. Je les sentais sous son tee-shirt rouge et blanc des Tigers. C'était facile de comprendre pourquoi il avait autant de succès avec les filles.

J'étais à genoux, Brandon sur le côté, et je suis resté là. J'observai sa nuque, l'endroit où ses cheveux se rassemblaient pour former une pointe, pile au milieu. Ses cheveux étaient courts, marron, et un peu ondulés. Je posai un doigt à cet endroit précis, derrière son cou. Avec un doigt. Puis deux. Puis, ma main tout entière. J'avais vraiment trop bu. Mais je ne pouvais pas m'en empêcher. Ses cheveux étaient plus doux qu'ils en avaient l'air. Beaucoup plus. La lumière du lampadaire de la rue éclairait son visage dans son intégralité. C'était le genre de visage que l'on voyait dans les pubs pour après-rasage ou dans les magazines. Je ne sais pas si Brandon se rendait compte à quel point il était beau.

Sa respiration était lente et pendant une seconde, j'eus peur de ne plus l'entendre du tout. Puis, je me demandai comment il réagirait s'il se réveillait et me trouvait comme ça : c'était plutôt louche. Je retirai vivement ma main et me relevai. Je continuai de l'observer un moment, peut-être bien quelques minutes. Le sol tanguait un peu sous mes pieds. Puis, je retirai mon tee-shirt et mon jean et m'allongeai. Le lendemain matin, je ne me souvenais pas m'être endormi.

L'autre jour, avec des gars de l'équipe, on s'est faufilés dans les toilettes des filles, au premier étage pendant l'heure d'études. Il y avait une seconde à l'intérieur, en train de se laver les mains. Quand on est rentrés, elle est sortie tout de suite. Elle savait très bien pourquoi on était là.

— Matez-moi ça ! dit l'un des gars en poussant la porte.

Alice aime qu'on la prenne vite et fort.

Alice a couché avec mon grand-père. Et elle a aimé ça !

RIP Fitzsimmons ! Alice Franklin = meurtrière/salope.

Si tu t'es tapé Alice, tire la chasse.

— Putain, jurai-je, sans savoir quoi penser.

Le nombre de tags était hallucinant. Sur le côté, on voyait que les femmes de ménage avaient essayé de nettoyer, mais vite abandonné. Il y en avait partout.

— Deux ou trois filles ont lancé le truc, dit l'un des gars en riant. Il y a une semaine. Mais mate-moi ça. Il y en a partout.

Alice Franklin est une traînée, une salope, une pute et une meurtrière aussi !!!

C'est la faute de la salope !

Va te faire foutre, Alice ! Healy Tiger 35 POUR TOUJOURS.

Je repensai encore une fois à l'accident, mais mon cerveau refusait de me laisser le revoir en détail. Mon esprit partait dans tous les sens. La voix de madame Fitzsimmons résonnait dans ma tête.

« Donc, tu dirais qu'il a été distrait par ces messages ?

— *Ouais. On peut dire qu'il était distrait.* »

Soudain, mes souvenirs me ramenèrent à l'école primaire, au CM1, où j'étais assis derrière Alice. Je lui lançais tout le temps des boules de papier dans les cheveux pour l'énerver. À l'époque, c'était pas méchant.

Alice se retournait et me regardait d'un air agacé avant d'éclater de ce rire tonitruant, un peu fou, qui lui est propre. Moi, je faisais une tête d'innocent, comme si je ne comprenais pas pourquoi elle était en colère.

Et puis, je me mettais à rire aussi.

Je revins au présent, face aux tags.

— Écris quelque chose, me dit l'un des gars en me tendant un feutre.

Il l'avait déjà débouché.

J'essayai de trouver une insulte originale, mais je n'arrêtais pas de penser aux petites boules blanches de feuilles à carreaux accrochées aux cheveux très foncés d'Alice. Ils étaient plus longs à l'époque.

— Allez, dépêche-toi mon pote. Il faut qu'on se casse d'ici, dit quelqu'un d'autre.

L'inspiration me vint alors. J'écrivis « Alice a couché avec tout Memphis ». Les autres rirent. Ils étaient contents que ça rime.

Plus tard, alors que je traînais devant le lycée avec des potes, je l'aperçus qui rentrait seule, dissimulée sous son sweat. On ne voyait pas ses cheveux parce qu'elle avait relevé sa capuche. Je l'ai suivie du regard pendant quelques secondes, mais je ne crois pas qu'elle m'a remarqué. Je n'espère pas, en tout cas.

KURT

Peu de temps après avoir glissé le mot dans le casier d'Alice, elle me retrouva devant le mien. C'était la fin de la journée et j'étais en train de ranger mes nombreux livres, cahiers et autres documents dans mon sac à dos. Quand je relevai la tête, Alice se tenait là, sur ma gauche, le message que je lui avais écrit dans la main.

— C'est quoi, ça ? me demanda-t-elle en brandissant le papier.

Elle n'avait pas l'air contente. Ses sourcils froncés tressaillaient au-dessus de ses magnifiques yeux sombres.

J'étais incapable de la regarder en face. Son visage était bien trop beau. Toutefois, si je ne pouvais m'y résoudre, comment étais-je censé l'aider avec ses devoirs ?

— Je te proposais simplement, euh, mon aide. J'ai cru que tu en avais peut-être besoin en maths.

Je parlais comme un robot. Pire : comme un robot socialement inadapté… ce que je suis de temps à autre, je l'avoue.

Elle avait baissé sa capuche. Ses cheveux courts étaient coiffés derrière ses oreilles. Malgré tous mes efforts pour la regarder dans les yeux, je me focalisais sur le bas de son visage. Ses lèvres pulpeuses ressemblaient à deux framboises fraîches posées l'une sur l'autre. Dessous, je remarquai la présence de taches de rousseur.

Elle était parfaite. Elle était adorable. Elle était tout pour moi.

— Et pourquoi tu me proposes ton aide, au juste ? me demanda Alice.

Elle avait pris un ton accusateur, comme si elle était en colère. Et qui aurait pu la blâmer ?

— Je voulais juste…, marmonnai-je.

Si je lui avouais que j'avais entendu sa conversation avec monsieur Commons, j'allais passer pour un type qui l'espionne, mais quelle autre explication aurais-je pu lui donner ? Que je l'aimais depuis toujours ?

— Tu voulais « juste » quoi ? s'exclama-t-elle.

L'espace d'un instant, une durée infinitésimale, je perçus qu'elle était plus étonnée qu'agacée. Plus perplexe qu'inquiète.

— T'aider, répondis-je en fermant mon casier et en me forçant à la regarder dans les yeux. Avec les maths.

Une chose incroyable se produisit alors. Alice Franklin hocha la tête et me dit :

— D'accord.

Je sentis le sol de Healy High se dérober sous mes pieds.

— Tu préfères, je ne sais pas, venir chez moi ? ajouta-t-elle. Ou est-ce que c'est moi qui viens chez toi ?

— Je veux bien me déplacer si c'est plus simple pour toi, répondis-je sans vraiment réfléchir.

Rien d'autre ne parvint à sortir de ma bouche. Alice griffonna son adresse sur un coin de mon cahier de physique et je ne pus m'empêcher d'admirer ses longs doigts fins sur son stylo.

Même ses doigts étaient parfaits.

5530 Robindel, nota-t-elle. Elle avait une écriture de petite fille, tout en rondeur.

— Quand veux-tu commencer ? demandai-je.

Alice Franklin rangea son stylo dans son sac.

— Ce soir ? 20 heures ?

On était vendredi soir, mais je n'avais rien de prévu. Je suppose qu'elle non plus.

— Parfait, répondis-je. Je serai là.

Ma grand-mère me prêta sa voiture pour me rendre chez Alice. Quand je lui avais annoncé à qui je donnais des cours, elle avait un peu grimacé. Comme tout le monde, elle avait eu vent de ce qui s'était passé. Elle l'avait sans doute appris à son groupe de prière. Une âme bienveillante, mais cancanière, avait sûrement suggéré de prier pour la pire âme en perdition de la ville. À sa décharge, ma grand-mère ne m'avait pas fait la moindre réflexion. Elle s'était contentée de me tendre les clés et de me rappeler de faire attention à l'embrayage.

Je ne me rappelle pas avoir marché de la voiture à la maison, un pavillon blanc et rose dans ce que certains considèrent comme le quartier chaud de la ville.

Pourtant, j'avais bel et bien effectué le trajet. Il y avait un pot de fleurs rempli de mégots de cigarettes sur le perron, juste devant la porte. Je me demandai si c'était Alice qui fumait ou madame Franklin. Enfin, « mademoiselle ». D'un point de vue biologique, Alice avait évidemment un père. Mais si un monsieur Franklin avait un jour foulé les rues de Healy, personne ne l'avait jamais vu.

Le poing serré, je frappai à la porte. Alice apparut alors, une expression neutre sur le visage. Pas de sourire, ni de formule de politesse. Elle m'ouvrit et attendit, avec son jean bleu foncé et son tee-shirt noir. Pas de sweat, pour une fois. Ni de décolleté. Je l'en remerciai intérieurement.

— Entre, dit-elle, et je sentis qu'elle était sur ses gardes.

Je la suivis dans une cuisine bien éclairée où son livre d'algèbre intermédiaire et un cahier rose à spirales étaient posés sur une table, à côté d'une rangée de crayons jaunes parfaitement taillés. Elle s'assit devant et me désigna la chaise en bout de table, de façon à ce qu'on soit en diagonale l'un de l'autre. Je me demandai si sa mère allait venir nous surprendre. Alice lisait sans doute dans mes pensées car elle annonça :

— Ma mère n'est pas là. Elle avait un rendez-vous.

— Oh, fis-je.

— Tu veux boire quelque chose ? J'ai du coca, du jus d'orange ou de l'eau.

J'étais avec Alice Franklin, la plus jolie fille de Healy. Elle m'avait invité chez elle et m'offrait quelque chose à boire. La gorge nouée, je répondis :

— Un coca, s'il te plaît.

Elle en ramena aussi un pour elle.

Après avoir pris quelques gorgées de la cannette glacée, Alice ouvrit son cahier et me montra ses devoirs. Un jeu d'enfant. J'attrapai un crayon et me mis à résoudre les différents problèmes. Tout en travaillant, j'expliquai la solution à voix haute, le plus lentement possible. Je parlai des binômes et des racines comme s'ils étaient des amis proches que je n'avais pas vus depuis longtemps. Bientôt, je me retrouvai perdu dans les graphiques, les courbes et les polynômes. Alice m'interrompait de temps à autre pour me poser une ou deux questions. Alors, je m'arrêtais et lui répondais. À certains moments, elle s'exclamait : « Oh. *Oh !* Monsieur Commons ne l'a jamais expliqué comme ça. » Au bout du compte, je lui tendis un crayon, nos doigts se frôlèrent et je l'observai tracer une courbe avec attention.

— C'est juste ! lui dis-je, enthousiaste.

— C'est vrai ? demanda-t-elle en jetant un bref coup d'œil vers moi avant de terminer son dessin.

On aurait dit que si elle détournait trop longtemps la tête, elle allait tout rater.

— Oui ! répondis-je.

— Waouh, fit-elle en posant son crayon.

Elle leva les yeux vers moi et l'espace d'un instant, un sourire sincère étira ses lèvres. Ses incisives étaient un peu de travers. Très légèrement.

— Tu veux en essayer une autre ? demandai-je.

Elle acquiesça et réussit le problème suivant aussi.

— On dirait que tu n'as pas vraiment besoin de mon aide, finalement, fis-je remarquer pour combler un besoin désespéré de dire quelque chose.

Je le regrettai aussitôt. Si elle n'avait pas besoin de mon aide (ce qui était un mensonge, malgré deux problèmes résolus), comment allais-je pouvoir la revoir ?

Mon commentaire eut un effet négatif sur Alice. Son sourire disparut et, peut-être que j'exagère, mais je suis quasiment sûr qu'elle fronça les sourcils.

— Tu veux coucher avec moi, c'est ça ? demanda Alice en refermant son livre d'algèbre.

On peut même dire qu'elle l'avait claqué.

— Tu crois que je vais… le faire avec toi en échange de ton aide en maths, pas vrai ?

Ses joues – ses joues parfaites – s'empourprèrent comme deux boules de glace à la fraise.

Les mots « coucher avec moi » qui étaient toujours suspendus dans l'air me faisaient rougir aussi. Je le sentais. Et la vérité, c'était que… oui, j'avais envie de coucher avec Alice. Comment aurais-je pu répondre « non » à cette question ? J'ai presque dix-sept ans et malgré mon statut plutôt satisfaisant de solitaire et mon inadaptation sociale, les désirs de la chair ne me sont que trop familiers. Alors, oui, j'aimerais coucher avec Alice Franklin. J'aimerais la prendre dans mes bras, embrasser sa nuque à l'endroit où ses cheveux courts s'arrêtent, glisser mes mains sous son tee-shirt noir et toucher sa peau qui, j'en suis sûr, est douce et chaude. J'aimerais sentir son corps sous le mien, cachés ensemble dans une pièce sombre où personne ne viendra nous déranger. Oui, oh mon Dieu, oui, je rêve de coucher avec Alice Franklin.

Mais pas pour les raisons invoquées à ce moment-là.

Pas de cette façon.

Pas en échange des réponses à son devoir de maths.

Aussi, je n'étais pas vraiment en train de lui mentir, quand je lui dis :

— Non. Non, Alice. Pas du tout. Je veux juste t'aider.

J'avais sûrement réussi à la convaincre de ma sincérité car son visage se détendit. Toutefois, il était clair qu'elle continuait de se méfier. Comme je ne savais pas quoi dire, je restai assis là, certain que mon plan était tombé à l'eau. Je m'étais complètement ridiculisé.

Puis, Alice se leva de table et je crus qu'elle allait me mettre dehors, mais elle se contenta de soupirer. Un soupir lourd de sens, presque trop gros pour quelqu'un d'aussi mince. Alors, elle me dit :

— Pourquoi est-ce que tu es aussi gentil avec moi ?

— Parce que…, répondis-je.

Je repensai aux rumeurs qui entouraient Alice. Celles que j'avais glanées, mine de rien, dans les couloirs et dans les salles de classe avant et après les cours.

La fête. Les SMS à caractère sexuel. L'avortement.

Je repensai aux toilettes du premier étage recouvertes depuis peu de tags. Ils l'appelaient les Toilettes de la Honte.

Alice attendait toujours une réponse à sa question. Son visage ne laissait rien paraître et elle me regardait sans ciller.

— Parce que…, réessayai-je. Parce que… je pense que tu le mérites.

À l'instant où les mots franchirent mes lèvres, je sus que je n'aurais pu mieux les choisir.

Ils étaient vrais à cent pour cent.

Alice ne me jeta pas à la porte. Elle baissa la tête vers le sol de la cuisine pendant un instant, puis posa de nouveau ses grands yeux marron sur moi.

— Tu peux m'aider avec un dernier problème ? me demanda-t-elle en rouvrant son livre.

— Avec tout ce que tu voudras, lui répondis-je en attrapant un crayon.

KELSIE

Voici la liste des choses que je n'arrive pas à me sortir de la tête :

- Les Toilettes de la Honte
- Avoir parlé d'Alice et de son avortement
- Le Truc Trop Horrible qui m'est arrivé l'été dernier
- Alice et Tommy à la soirée d'Elaine
- Tommy Cray en général
- Alice Franklin en particulier
- Si oui ou non je mérite d'aller en enfer
- Si l'enfer existe

En fait, je passe tellement de temps à réfléchir à tout ça que je ne profite même pas de mon nouveau statut de fille ultra populaire. Je traîne avec Elaine, Maggie et toute leur bande, maintenant. Je suis au centre des conversations, des fous rires et de l'attention. Je vais souvent chez Elaine, et on parle de tout et n'importe quoi. C'est super sympa. Je serais une grosse menteuse si je vous disais le contraire.

Mais.

Pourtant.

L'autre jour, dans le couloir, j'ai vu Alice parler avec Kurt Morelli. Je marchais avec Elaine et d'autres filles et ils étaient là. Alice portait un jean et un pull gris et elle avait les bras croisés, les mains calées sous les aisselles. On aurait dit qu'elle voulait disparaître. Kurt, lui, avait l'air de ne pas savoir où poser les yeux, ni quoi faire de son corps, comme si le simple fait d'être en vie le rendait mal à l'aise. Alice disait quelque chose et Kurt hochait la tête. C'était l'image la plus bizarre que j'avais vue depuis longtemps.

— C'est quoi, ce bordel ? marmonna Elaine à mon attention, sans faire l'effort d'être discrète.

— Oh mon Dieu ! m'exclamai-je.

J'avoue que ce n'était pas très original.

— J'espère que celui-ci ne la mettra pas enceinte, ajouta quelqu'un.

On se mit alors à se chahuter en gloussant. L'idée de Kurt et Alice ensemble était tellement hilarante qu'on était obligées de s'accrocher les unes aux autres pour ne pas s'effondrer de rire.

Je ne sais pas si Alice nous a entendues.

La voir parler avec Kurt Morelli était vraiment étrange. Même si je sais que les autres filles ne pensent pas la même chose, une part de moi verra toujours Alice comme cette fille super cool et inaccessible que j'ai rencontrée lors de mon premier jour… une fille qui disait des gros mots et qui avait bien voulu être mon amie alors que je ne savais pas mettre de l'eye-liner et que ma mère était à fond dans la religion.

Une fille qui était blasée quand un garçon l'invitait à sortir parce que ça lui arrivait, genre, tous les jours.

Alors, voir Alice parler avec le mec le plus bizarre du lycée était vraiment déstabilisant.

La vérité, c'était que, même si une partie de moi se rappelait ma rencontre avec l'Incroyable Alice Franklin, j'avais l'impression que la véritable Alice avait déménagé. Qu'elle s'était changée en fantôme ou… en pull gris sur pattes.

D'ailleurs, je devrais ajouter une chose à la liste : la première fois qu'Alice est venue chez moi. On traînait et je cherchais désespérément un truc cool à dire pendant qu'elle passait ses ongles framboise le long des tranches des livres religieux de ma mère, comme *L'Appel de Dieu* ou *Le Pouvoir d'une épouse pieuse*. Je me souviens d'avoir eu le rouge aux joues tandis qu'elle examinait certaines couvertures et d'avoir retenu ma respiration lorsqu'elle a observé toute la pièce et qu'elle a vu tous les trucs chrétiens accrochés aux murs.

— Ma mère est un peu fanatique, lui ai-je dit. Mais moi, euh, pas du tout.

J'espérais que ma mère ne pouvait pas entendre notre conversation depuis la cuisine. Renier sa foi était l'affront ultime.

— Oh, fit Alice comme si elle n'avait pas remarqué. Ne t'en fais pas. Je veux dire : moi aussi je crois en Dieu et tout le reste. Pas de souci.

Je me souviens qu'à ses mots l'immense poids qui pesait sur mes épaules s'est envolé.

Elle me manque. Elle me manque vraiment. Je sais que j'étais jalouse d'elle. Je sais qu'elle m'a menti à propos de Mark Lopez et je sais que l'un des mecs avec qui elle a (sans doute/peut-être) couché à la soirée d'Elaine était Tommy Cray. Quand le Truc Trop Horrible devient difficile à supporter, je reporte toute la faute sur elle, alors que ça n'a aucun sens. Ça me manque de dessiner sur les magazines, de commander des pizzas ou de manger toute une fournée de brownies juste parce qu'il n'y a personne pour nous en empêcher. Ça me manque de regarder des comédies musicales bidons à l'eau de rose comme *Cry Baby* ou *The Apple* en chantant les chansons à tue-tête. Ça me manque de lui poser des questions sur le sexe, de dormir chez elle ou de la regarder appeler des garçons en pleine nuit avec un mauvais accent chinois en leur demandant s'ils ont commandé des nems. Et surtout ça me manque de discuter et de lui envoyer des messages en cours pour lutter contre l'ennui.

Kelsie je m'ennuie tellement que j'ai envie de me crever les yeux avec deux bouts de fer chauffés à blanc.

Ne fais pas ça. Tu as de beaux yeux.

Je pourrais me balader avec. Les tiges remplaceraient mes yeux. Tu pourrais m'aider et t'occuper de moi.

Tu es en train de dire que je serais ton chien d'aveugle ?

Oui mais pas un chien. Juste une amie qui donne un coup de main.

Tu es dingue, Alice !!!

Je sais. Toi aussi !!!

Elle me manque et je sais que c'est complètement hypocrite et pathétique de ma part après ce que je lui ai fait et ce que je continuerai à lui faire.

Tout ça pour pouvoir m'asseoir à la bonne table à la cantine.

Pourtant, c'est la vérité. Si quelqu'un me pose la question, je nierai tout en bloc, mais la plupart du temps, souvent pour être honnête, Alice Franklin me manque.

Je suppose que je ne le mérite pas. Mais c'est plus fort que moi.

Kurt

À un moment donné, les dieux se sont habitués au charme d'Aphrodite.

Moi aussi, au bout de deux mois, j'ai fini par me détendre en présence d'Alice. Malgré sa beauté, son charisme et la perfection de son visage, de ses lèvres et de ses genoux, ma nervosité s'est atténuée. Au moins maintenant, j'arrive à respirer normalement.

Quand j'arrive, son livre de maths est posé sur la table de la cuisine, à côté des crayons taillés et d'une cannette de coca glacée. Alice ne boit jamais rien. Elle m'écoute avec attention pendant que je résous les problèmes, lui donne des explications et réponds à ses questions.

Sa mère n'est presque jamais là. Une fois, je l'ai aperçue alors qu'elle sortait de la maison. On dirait une version plus âgée d'Alice, avec des cheveux longs et des traits moins harmonieux. Elle a dit à sa fille de ne pas l'attendre et elle ne m'a même pas saluée.

J'ai l'impression qu'Alice se débrouille souvent seule. Un soir, après avoir résolu un grand nombre de problèmes, elle s'est tournée vers moi et m'a demandé :

— Comment tu fais pour être aussi fort ?

Je haussai les épaules et lui dis la vérité.

— Je n'en sais rien. J'ai des facilités, c'est tout. Je n'ai jamais trouvé ça dur. Par contre, les choses qui sont évidentes pour les autres ne tombent pas sous le sens pour moi, alors je suppose que ça compense.

— De quoi tu parles ? demanda-t-elle, les sourcils un peu froncés. Tu cartonnes dans toutes les matières.

— Par exemple… j'ai du mal à engager la conversation. Je suis incapable de parler de la pluie et du beau temps. Je ne sais pas discuter normalement.

La mine renfrognée d'Alice se mua en sourire.

— Ben… Ce n'est pas ce qu'on est en train de faire ?

Je rougis.

— Si, tu as raison. On a une discussion sur la discussion.

— Une discussion sur la discussion, répéta Alice.

Son sourire grandit. Je me creusai la tête pour trouver quelque chose à dire, mais je ne trouvai rien.

Au bout d'un moment de silence, elle enchaîna :

— On s'y remet ?

Peut-être avait-elle senti ma gêne.

— D'accord, répondis-je, rassuré de pouvoir me cacher derrière les polynômes.

Un jour, j'eus une idée. Les fêtes de Noël approchaient à grands pas et j'avais envie d'offrir un cadeau à Alice. L'argent n'était pas un problème. Mes parents avaient tout prévu et ma grand-mère perçoit une rente plus que confortable pour m'élever. Je pouvais donc me permettre une certaine générosité. Quand je demandai l'autorisation à ma grand-mère, elle voulut savoir à qui je comptais faire ce cadeau.

— Alice Franklin, répondis-je, incapable de lui mentir.

— Bon, dit-elle. Tu ne me réclames jamais rien, donc si tu veux t'accorder une petite folie… c'est ton choix.

Alice penserait-elle que j'essayais d'acheter son affection ? Peut-être. Dans tous les cas, je trouvai ce que je cherchais en ligne et l'achetai, en croisant les doigts pour que tout se passe bien. J'espérais que ça lui plairait.

Comme tous les jeudis soir, j'étais censé me rendre chez elle, mais j'avais oublié que ce jour-là Brandon Fitzsimmons aurait dû fêter ses dix-sept ans. Ce rappel plongea de nouveau Healy High dans le deuil le plus profond. On couvrit son casier de ballons aux couleurs de l'école, les filles se mirent à pleurer en classe et on interrompit les cours pour que chacun puisse parler de ses sentiments avec un psychologue mandaté par le proviseur pour l'occasion.

Je n'avais pas vu Alice de toute la journée. Quand j'arrivai chez elle, mon cadeau à la main, elle m'ouvrit et je sus tout de suite qu'elle avait bu. Son haleine charriait une odeur de bière, ses joues étaient rouges et son grand sourire paraissait forcé. On aurait même dit qu'elle avait pleuré.

— Salut Kurt, dit-elle.

Elle m'emboîta le pas jusqu'à la cuisine. Il n'y avait ni cahier à spirales, ni livre de maths, ni crayons jaunes taillés, seulement une cannette de bière sur le bar. Mes yeux se posèrent sur ses lèvres parfaites tandis qu'elle en prenait une gorgée.

— C'est ma mère qui boit ça. C'est dégueulasse, hein ? Mais je m'en fous.

— Oh.

Je ne savais pas quoi faire, ni quoi dire.

— Tu en veux une ? me demanda-t-elle.

— OK.

Je lui pris une cannette des mains et en bus une gorgée. L'espace d'un instant, mon esprit remonta le temps. Je repensai à une autre bière partagée, lors d'une chaude soirée d'été indien. Alors, ce que j'étais censé avouer à Alice me revint en mémoire.

C'était un samedi soir, au début de l'automne. L'année de première venait à peine de commencer. Je lisais dans ma chambre. Il était à peu près une heure du matin. Je souffre d'insomnie, mais j'ai appris à faire avec. Ces heures d'éveil forcé me permettent de m'avancer dans mes lectures. C'est aussi grâce à elles que j'ai appris que je pouvais me contenter de quatre ou cinq heures de sommeil. Ce n'est pas donné à tout le monde.

Dans tous les cas, la fenêtre était ouverte. Au Texas, la chaleur est parfois étouffante, mais la nuit, ma grand-mère préfère arrêter la climatisation. Elle dit que ça fait du bien de respirer l'air nocturne. À mon avis, ça fait surtout du bien à la facture d'électricité.

— Kurt ! Hé ho ! *Kurt !*

Il s'agissait d'un murmure très fort qui réussissait l'exploit d'être plus sonore que si l'on avait parlé normalement. Je me dis que j'avais peut-être commencé à m'endormir et que j'entendais des voix, mais l'appel me parvint encore une fois.

— Kurt Morelli, tu m'entends ?

J'enfilai un bas de survêtement et me dirigeai vers la fenêtre. De l'autre côté, j'aperçus Brandon Fitzsimmons assis en équilibre sur le toit de sa maison, devant sa chambre. Il buvait une cannette de bière en me faisant des grands signes.

Je plaçai un doigt devant ma bouche pour le faire taire avant de m'aventurer dans l'escalier, me faufilant le plus silencieusement possible. Une fois dehors, j'observai Brandon depuis la terre ferme.

— Morelli, dit-il.

Il ne murmurait plus. Il avait plus ou moins roté mon nom de famille. Visiblement, il était soûl.

— Fitzsimmons, répondis-je. Encore ivre, à ce que je vois.

— Si chez les intellos, ça veut dire complètement pété, alors oui. C'est ce que j'aime chez toi, Morelli, tu me dis toujours les choses en face. Tu ne tournes pas autour du pot. Tu vois que je suis bourré, tu me dis que je suis bourré. Tu vois la lumière de la lune descendre sur toi, tu dis bonjour à la lune.

— Je n'ai pas dit bonjour à la lune. Tu es incroyablement soûl, c'est tout.

— Monte, mon pote. Allez, viens !

Je haussai les épaules et me dirigeai vers l'arrière de la maison des Fitzsimmons pour aller chercher l'échelle qu'ils rangent dans le garage. Depuis la quatrième ou la troisième, Brandon m'avait fait monter plusieurs fois sur son toit à des heures impossibles. Du coup, je savais où elle se trouvait. Je ris tout seul en imaginant la réaction du reste de la population de Healy High s'ils apercevaient les deux garçons à l'extrême opposé sur l'échelle sociale assis côte à côte sur un toit, en train de discuter. Au lycée, Brandon ne m'adressait jamais la parole, à part pour se moquer de ma taille ou de mes notes. Mais sa façon de faire était tellement bon enfant que je n'arrivais pas à lui en vouloir. Il avait toujours un grand sourire quand il me traitait d'intello. C'était… original.

— Tu veux d'la bière ?

Il passa la main par la fenêtre de sa chambre pour attraper une cannette et me la tendit. Je l'ouvris.

— Respect, Morelli ! Je pensais pas que tu le ferais.

— C'est de la bière, pas du cyanure.

— C'est quoi, le cyanure ?

— Un poison. Les membres de la secte de Jonestown en ont ingéré en grande quantité sur ordre de leur gourou, Jim Jones. Ils sont tous morts.

— Putain, Morelli, où est-ce que tu vas chercher toutes ces conneries ? me demanda Brandon, tout sourire, avant de prendre une gorgée.

Je souris aussi, satisfait. Depuis notre plus tendre enfance, Brandon avait toujours adoré entendre et exploiter ma connaissance de faits et de chiffres inhabituels. Même s'il ne l'aurait jamais admis à voix haute, je savais que mon intelligence l'impressionnait. Je me rappellerai toute ma vie la fois où j'avais convaincu sa mère que la structure du toit était suffisamment solide pour nous permettre de jouer dessus, en lui expliquant le concept de la force de compression.

Toutefois, malgré nos conversations nocturnes occasionnelles et l'intérêt qu'il portait au fonctionnement de mon cerveau, Brandon n'était pas mon ami secret, ni aucune autre ineptie du même genre. J'en avais parfaitement conscience. Même à ce moment-là, c'était mon voisin, quelqu'un qui faisait partie de ma vie depuis la maternelle. Il était Brandon Fitzsimmons et moi Kurt Morelli, et pour des raisons qui m'échappent mais sur lesquelles je pourrais spéculer, il aimait me parler. Peut-être parce qu'il n'avait personne d'autre à qui confier ses secrets et ses histoires. Peut-être parce que je me prêtais au jeu. Peut-être parce que j'habitais à côté.

Je suppose que quelque part, j'aimais lui parler, moi aussi. Ou du moins, écouter ce qu'il avait à me dire.

Alors, on discutait.

M'asseoir avec lui sur ce toit, à l'écouter parler de ses exploits, de ses aventures et de ses problèmes, était un peu comme conduire une étude anthropologique. Ça me permettait de m'immiscer dans une vie radicalement opposée à la mienne. Je suis sans doute le seul qui sait que pendant un match très important, il a mouillé son pantalon sous le coup du stress. Ou que son prof de géométrie lui mettait la moyenne alors qu'il rendait page blanche à tous ses devoirs et contrôles, grâce à son statut de quarterback. Ou qu'il ne savait différencier la droite de la gauche. (Un soir, je lui ai expliqué un moyen mnémotechnique. Il m'en a été très reconnaissant.)

Donc, j'admets avoir apprécié ces soirées. Des soirées comme celle-ci, avec Brandon déjà bourré et moi qui buvait un peu. J'avais même ouvert une deuxième bière.

— Alors, tu étais où, en cette belle nuit d'automne ? demandai-je après l'avoir écouté se plaindre.

Il était fatigué à cause du match qui avait eu lieu l'après-midi même et comme d'habitude, Hendricks leur avait rabattu les oreilles.

— Au parking du lycée. C'était génial. T'imagines même pas.

Je me rendis compte qu'il était sarcastique.

— Ton public en délire était à tes pieds ?

— Je pige rien à ce que tu racontes, Morelli. Parle moins vite.

Il me donna un coup dans l'épaule.

— Je te demande si tu as reçu beaucoup d'attention de la part des personnes sur le parking ? Puisque après tout, tu es le seul et l'unique Brandon Fitzsimmons.

Il rit et finit sa bière.

— Je suppose que c'est le moment où je dois te dire que ce n'est pas si génial que ça d'être le mec le plus populaire du lycée ? Que j'aimerais juste être compris et toutes ces conneries ?

— Tu es sérieux ? demandai-je, sincèrement curieux.

Brandon hocha lentement la tête, le visage triste, avant d'éclater de rire.

— Pas du tout, mon pote, s'esclaffa-t-il. C'est trop cool. Je sais que ça va me faire passer pour un connard, mais c'est la vérité. Les gens m'adorent. Je peux faire ce que je veux. Les filles m'aiment. Les mecs veulent me ressembler. Enfin… à part toi.

Je repensai à la dernière rumeur qui courait au lycée, à propos de lui et de la merveilleuse Alice Franklin. Et une partie de moi aurait voulu être à sa place. C'était sans doute la bière qui parlait, mais je lui demandai :

— C'est quoi cette histoire avec Alice Franklin ? J'ai entendu parler de ce qui s'est passé à la fête d'Elaine…

Ça ne me dérangerait pas, moi non plus, d'apprendre à la connaître dans le sens biblique du terme.

Pendant un moment, Brandon demeura silencieux. Puis, il secoua la tête et ricana dans sa barbe.

— Tu veux la sauter, quoi.

— Hé bien, je ne sais pas si j'utiliserais le mot « sauter »... Peut-être. En tout cas, elle a un côté très sexy.

— Morelli, je crois que t'es bourré, fit Brandon.

— Je crois aussi, répondis-je.

Après ça, ce fut plutôt calme sur le toit, jusqu'à ce que, tout à coup, Brandon émette un rot sonore.

— Je ne me la suis pas tapée, tu sais, admit-il.

J'avais presque oublié de quoi on parlait. Puis, je me souvins. Alice Franklin.

— Tu veux dire..., balbutiai-je. Mais... pourtant... les autres disent que...

— Les gens disent que je l'ai baisée et que Tommy Cray lui est aussi passé dessus. Je suis au courant, mon pote. Parce que c'est moi qui le leur ai raconté ! Suis un peu, Morelli.

— Mais tu ne l'as pas... sautée ?

— Non, dit-il. Je n'ai pas. Sauté. Alice.

— Et Tommy ?

— Lui non plus.

— Alors, pourquoi... ?

Je ne comprenais rien. À cette époque, les gens avaient déjà commencé à traiter Alice différemment à l'école. C'était des petites choses, mais c'était flagrant. La laisser manger seule à la cantine par exemple. Ou rire quand elle entrait dans une salle.

— Morelli, si tu veux la vérité, je ne sais pas du tout pourquoi je fais tout ça, répondit Brandon en rotant encore. Je voulais coucher avec elle ce soir-là et elle n'a pas voulu. Elle m'a allumé et après, elle m'a dit qu'elle n'avait pas envie. Ça m'a foutu les boules. Elle aurait dû être contente que je m'intéresse à elle. La plupart des filles le sont. Prends Maggie Daniels, par exemple. Elle est un petit peu trop grosse à mon goût, mais elle donnerait son bras gauche pour être avec moi. Bon, si elle n'avait plus qu'un seul bras, je ne la toucherais pas. Je suis pas un pervers.

Brandon rit à sa propre blague. Pas moi.

— Alice est la première fille à refuser tes avances ? demandai-je.

Je me sentais bizarre, comme si la maison avait soudain penché sur le côté.

— Ouais, répondit-il. C'est vrai. Aucune ne m'avait jamais dit non. Ça m'a mis en colère. Alors, j'ai raconté que Tommy et moi, on se l'était tapée. Pour lui montrer qu'elle n'aurait pas dû refuser.

— Et Tommy dans tout ça ? demandai-je.

— Je savais qu'il allait retourner à la fac, répondit-il, et qu'il ne serait plus là pour nier.

Je réfléchis à la meilleure façon d'expliquer la situation à Brandon pour qu'il comprenne où je voulais en venir.

— Mais tu as conscience des… emmerdes qu'elle a, à cause de ça ? Je veux dire : tout le monde croit que ça s'est vraiment produit.

Brandon leva les yeux au ciel.

— Ça finira par passer. C'est toujours comme ça. Tu verras, dans une semaine, ou un mois peut-être, tout le monde aura oublié.

Je n'arrivais pas à croire ce que j'entendais. Je n'avais jamais pensé que Brandon était capable de mentir à ce point. Et le pire dans tout ça, c'était qu'en m'en parlant ce soir-là, sur le toit, il n'avait pas essayé de soulager sa conscience, ni d'avouer sa culpabilité. Je ne crois pas qu'il était capable d'un tel niveau de réflexion. Dans sa tête, c'était une façon comme une autre de me divertir en me nourrissant d'anecdotes de sa vie.

On termina nos bières en silence, puis Brandon déclara qu'il rentrait se coucher.

— Morelli, tu ne vas pas aller raconter notre petit secret, pas vrai ? demanda-t-il en se retournant pour se glisser dans sa chambre. J'ai une réputation à tenir, tu sais.

En prononçant ces mots, il posa la main sur son cœur, comme s'il prêtait allégeance. Il me fit un grand sourire.

— À qui veux-tu que je le dise ? rétorquai-je.

C'était la dernière fois que j'avais vu Brandon Fitzsimmons vivant. Le lendemain après-midi, pendant que j'aidais ma grand-mère à désherber, l'inspecteur Daniels se gara devant chez nous avec sa voiture de fonction.

— Bonjour Paul, le salua ma grand-mère.

— Bonjour, Vivian, répondit Daniels.

Le visage blême, les traits tirés, il lui expliqua qu'il devait lui parler en privé. Elle me laissa donc seul avec les mauvaises herbes et le rejoignit dans l'allée.

Tandis qu'elle l'écoutait, ma grand-mère porta une main à sa bouche. Je croyais qu'il s'agissait d'un de ses amis de l'église, mais elle hocha soudain la tête et suivit l'inspecteur chez les Fitzsimmons.

— Reste ici un instant, Kurt. S'il te plaît, me dit-elle.

Je crois qu'elle se retenait de pleurer.

Je la regardai, un peu perdu, frapper à la porte des voisins avec Daniels. La maîtresse de maison les laissa entrer. Quelques minutes plus tard, j'entendis madame Fitzsimmons hurler à pleins poumons, comme un animal blessé.

Dans tous les cas, je ne pouvais pas dire la vérité à Alice ce soir-là. Pas dans ces conditions, alors qu'elle avait bu et, à en croire ses yeux rouges, sans doute pleuré. Alors, je me tus.

— J'ai oublié mes livres de maths à l'école, annonça-t-elle en jetant sa cannette vide. (Elle en sortit une nouvelle du frigo.) Du coup, tu ne vas pas pouvoir m'aider ce soir.

— OK, répondis-je.

Apparemment, c'était le seul mot qui voulait franchir mes lèvres.

On était debout dans la cuisine. Alice portait un jean et un tee-shirt vert foncé assez large qui couvrait sa petite stature comme une couverture. Elle n'avait pas de chaussures aux pieds et ses petits ongles étaient peints de la même couleur que sa bouche. Je remarque toujours ce genre de détails sur Alice Franklin.

— Veuillez me suivre dans le salon, mon cher professeur particulier, me dit-elle en faisant glisser son doigt le long de mon torse.

Ma peau était en feu, comme si son contact m'avait brûlé, mais je réussis à la suivre. Ce n'est pas un salon très original. Les fenêtres donnent sur la rue, il y a deux canapés crevassés, plusieurs tables d'appoint, une vieille télévision et un tapis bleu foncé au milieu.

Alice s'assit à un bout du canapé et moi à l'autre. Je bus ma bière à petites gorgées avant de poser la seule question qui me venait à l'esprit.

— Pourquoi est-ce qu'on n'est pas en train de travailler ?

Alice haussa les sourcils comme si elle réfléchissait très sérieusement à la question. Puis, elle laissa de nouveau échapper un gros soupir et prit une gorgée. Son regard paraissait perdu dans le lointain.

Tout à coup, des larmes se mirent à couler le long de son visage et elles se transformèrent en sanglots. Elle pleurait tellement fort qu'elle se leva pour chercher un mouchoir dans la cuisine pendant que moi, je restai assis sur le canapé, sans voix, impuissant.

J'avais beaucoup fantasmé sur Alice Franklin. Mais je n'aurais jamais imaginé être assis sur son canapé et la regarder pleurer. Mon instinct me disait qu'il fallait que j'aille la voir. Que je lui prenne la main. Que je lui dise que tout irait bien. Mais j'étais incapable de bouger. De toute façon, comment aurais-je pu lui mentir ? Après tout ce qu'Alice avait vécu, lui promettre que tout allait s'arranger sonnait faux.

J'aurais pu lui demander si elle préférait que je parte, mais je n'en avais pas la moindre envie. Je voulais arranger les choses. Frustré, je serrai les poings. Pourquoi étais-je incapable de dire quoi que ce soit ? De trouver les mots justes ?

— Alice. Je t'ai apporté un cadeau de Noël.

Elle était revenue s'asseoir sur le canapé en s'essuyant le visage avec une serviette en papier roulée en boule. Elle continua de renifler, mais ses pleurs se calmèrent.

— Quoi ? demanda-t-elle, perplexe.

— Tiens, dis-je en retournant devant l'entrée où j'avais laissé le paquet, enveloppé dans un papier cadeau rouge que ma grand-mère m'avait donné. C'est pour toi. Pour Noël.

Je le lui tendis et me rassis.

— Oh, Kurt, dit-elle.

Elle posa son mouchoir sur la table basse jonchée de magazines et de télécommandes. Elle reniflait encore, mais au moins, elle ne sanglotait plus. Mon intervention avait été un succès. Je ne pouvais pas dire que j'avais agi selon un plan rationnel. Lui offrir son cadeau avait été la première chose à laquelle j'avais pensé... mais elle semblait s'être calmée.

Elle glissa délicatement les doigts sous les morceaux de scotch disposés avec précision et déballa le livre qui m'avait coûté plus d'argent que je n'en avais jamais dépensé à la fois.

— Oh, c'est mon livre préféré de tous les temps ! s'exclama-t-elle en le retournant dans ses mains. Comment tu l'as su ?

Oh.

Ça, ça ne faisait absolument pas partie du plan. Malgré mes prouesses intellectuelles reconnues, je ne m'étais pas projeté aussi loin. Comment expliquer à Alice que je savais que *Outsiders* était son livre préféré, sans lui avouer que j'observais ses moindres faits et gestes depuis la cinquième ?

— Je crois que... tu en as parlé une fois. Dans un cours d'anglais qu'on avait en commun.

Apparemment satisfaite de ma réponse, Alice laissa échapper un de ces petits soupirs tremblants qu'on a souvent après avoir pleuré. Elle ouvrit le roman et le feuilleta.

— Je n'avais jamais vu cette couverture. Elle est… ancienne ?

— C'est une édition originale, répondis-je.

À l'expression d'Alice, je compris qu'elle ne saisissait pas ce que cela signifiait, mais elle me sourit quand même.

Bon, il faut que je vous avoue quelque chose qui va sûrement paraître élitiste de ma part : dans mes rêves, Alice savait ce qu'était une édition originale. Et dans mon imagination, non seulement elle savait ce que c'était, mais elle comprenait aussi certaines références historiques et culturelles obscures. Elle était même capable de discuter avec moi de mécanique quantique.

L'Alice Franklin de mes rêves est parfaite.

Ce soir-là, je compris une chose importante. Je n'avais jamais mis les pieds dans la maison de l'Alice de mes rêves. L'Alice de mes rêves ne m'avait jamais proposé de coca, ni souri suffisamment pour dévoiler ses dents de travers. (Soyons francs : l'Alice de mes rêves n'a pas les dents de travers.) Et je n'avais pas non plus aidé l'Alice de mes rêves à arrêter de pleurer avec un cadeau.

— Les éditions originales, ce sont les premiers exemplaires à avoir été imprimés, lui expliquai-je.

Obéissant à la partie la plus courageuse de moi-même, je me rapprochai d'elle et ouvris les premières pages du livre. Du doigt, je désignai la date du copyright.

— Tu vois ? La première fois que la maison d'édition a imprimé *Outsiders*, ce livre faisait partie du lot.

C'était bien avant qu'il devienne célèbre et que les gens réalisent à quel point il était spécial.

J'aurais voulu ajouter que les éditions originales d'un livre aussi connu étaient plutôt rares, mais je ne voulais pas avoir l'air de me vanter encore plus. Et de toute façon, au changement d'expression d'Alice, il était clair qu'elle comprenait le caractère précieux du livre qu'elle tenait entre les mains. Et pas seulement l'aspect financier.

Tout sourires, elle referma l'ouvrage, puis l'ouvrit de nouveau. Elle se pencha en avant pour sentir les pages.

— Elle sent bon, cette toute première édition, me dit-elle.

Je lui rendis son sourire. Échanger des sourires avec Alice Franklin était très agréable.

— J'espère que ça te plaît, lui dis-je.

— Oh Kurt, je l'adore ! Mais je n'ai rien à t'offrir en échange. Alors que tu m'aides. J'aurais dû t'acheter quelque chose. Tout ce que je t'ai donné, c'est une bière dégueulasse.

— Ce n'est pas grave, répondis-je. Et la bière n'est pas dégueulasse.

— Si, carrément. Oh. Je sais ! Je vais commander une pizza ! s'exclama-t-elle. Une pizza de Noël !

Elle refusa que je paie et bientôt, on se retrouva à partager une pizza avec des poivrons verts et du pepperoni.

— C'est un repas très festif, Alice, affirmai-je, soudain conscient de ma capacité à parler.

C'était peut-être grâce à la bière. J'avoue que l'espace d'un instant, je me sentis gêné de manger devant une aussi jolie fille, mais je me rendis vite compte qu'Alice n'était pas à cheval sur les bonnes manières : elle se léchait les doigts et prenait de trop grosses bouchées. Ses magnifiques lèvres framboise qui s'ouvraient et se refermaient me faisaient tourner la tête si je les regardais trop longtemps. Mais, j'appréciais surtout le fait d'être assis dans ce salon, à boire de la bière et à manger de la pizza de Noël avec Alice Franklin.

Pas celle de mes rêves. Une fille bien réelle.

KELSIE

Une fois, quand j'aidais ma mère à faire du tri dans le grenier, je suis tombée sur une boîte à chaussures pleine de photos de mon père et elle. J'en ai sorti une pour la regarder. Les personnes sur la photo ne ressemblaient pas du tout aux parents que j'ai maintenant. Ma mère avait un anneau dans le nez et une mèche rose. Mon père avait une barbe, un bonnet qui avait l'air sale et un tee-shirt des Melvins.

« Chicago 1993 » était écrit à l'encre bleue à l'arrière.

C'était avant que Jésus ne devienne le BFF de ma mère. Trois ans avant qu'elle tombe enceinte de moi, à l'époque où ils habitaient ensemble (sans être mariés !).

— Maman, c'était qui les Melvins ? demandai-je en lui tendant la photo.

Je la regardai avec sa coupe de cheveux sage, son pantalon austère repassé et la petite croix en or qui pendait autour de son cou et, l'espace d'une seconde, il me sembla qu'elle sourit, mais elle se ravisa aussitôt, comme si elle avait été surprise en train de faire quelque chose d'illégal. Elle fourra la photo à l'intérieur de la boîte et posa le tout sur la pile destinée à la poubelle.

— Juste un groupe, répondit-elle, toute trace de sourire disparue. À l'époque des mauvais jours.

Ma mère n'arrêtait pas de me dire que c'était grâce à moi qu'elle avait redécouvert la foi et qu'elle avait été sauvée d'une vie de péchés. Dès mon plus jeune âge, elle m'avait parlé du choc qu'elle avait ressenti à l'annonce de sa grossesse. Elle était retournée chez ses parents, à Flint, parce que mon père n'était pas sûr d'être prêt à fonder une famille à dix-neuf ans. En attendant, ma mère a recommencé à se rendre à l'église avec mes grands-parents pour demander à Dieu de revenir dans sa vie et au bout d'un moment, mon père a changé d'avis. Il est venu la retrouver et ils se sont mariés. Un mois plus tard, j'étais née.

— Jésus a trouvé le chemin du cœur de papa et du mien et tout ça, c'est grâce à toi, Kelsie, me disait ma mère.

Si c'était vrai, je me demande pourquoi mon père s'endormait parfois à l'église ou pourquoi ma mère et lui se disputaient pour savoir si oui ou non Dieu était d'accord pour qu'il boive une troisième bière. Mais quand j'étais petite et que ma mère me disait ça, je me sentais spéciale. À l'époque, j'étais persuadée que Dieu m'aimait. C'était bien avant le Truc Trop Horrible.

Le Truc Trop Horrible a eu lieu l'été où Alice travaillait à la piscine avec Tommy Cray. Cet été-là, Alice a sucé Mark Lopez, m'a menti et a justifié ça en me lançant que je ne pouvais pas comprendre parce que j'étais vierge.

Avant d'expliquer ce qui s'est passé, je dois insister sur le fait que Tommy Cray est canon. Il a toujours un très beau sourire aux lèvres, plus amusé que moqueur. Ses muscles sont bien définis sans être trop développés. Et il a des mollets à tomber, couverts de poils blonds super clairs, tellement clairs qu'on les voit à peine. À cette époque, j'aurais pu admirer ses mollets toute la journée. Si vous voulez mon avis, il est beaucoup plus beau que Brandon Fitzsimmons.

Chaque fois que je prenais mon vélo pour rejoindre Alice à la piscine, la seule chose qui occupait mes pensées, c'était que j'allais pouvoir observer Tommy Cray. Sa façon de marcher, de mâcher son chewing-gum, de faire tourner son sifflet de maître nageur autour de son doigt trois fois sur la droite et trois fois sur la gauche… Je faisais de mon mieux pour être discrète, mais je savais que Tommy Cray avait compris à quel point il me plaisait. C'était comme si j'étais soûle, droguée ou un truc dans le genre. Je n'arrêtais pas de penser à lui. Parfois, il m'apparaissait même en rêve.

— Salut Kelsie ! me lançait-il avec un sourire lorsqu'il me voyait bronzer ou marcher vers le snack-bar pour dire bonjour à Alice.

— Salut Tommy, je répondais, comme si je ne faisais que passer, comme si je n'avais pas su qu'il travaillait cet après-midi-là.

Je m'imaginais qu'il matait mes fesses tandis que je continuais ma route en laissant des empreintes humides sur le ciment, mais je ne me suis jamais retournée pour m'en assurer.

Un après-midi, juste avant la fin de l'été, quelques jours après qu'Alice m'a avoué qu'elle m'avait menti à propos de Mark, j'étais toute seule à la piscine en train de lire *Teen People*. Même si je lui en voulais encore un peu, je lui envoyai des messages pour qu'elle vienne me rejoindre pendant son jour de congé, histoire qu'elle me tienne compagnie pendant que je reluquais Tommy…

Quand, soudain, un miracle s'est produit.

Plus tard, j'ai compris que c'était la pire chose qui aurait pu m'arriver, mais à ce moment-là, ça me paraissait vraiment miraculeux.

— Tu veux venir faire un tour en voiture ?

J'ai levé la tête et Tommy se tenait à côté de moi, avec son tee-shirt de la piscine de Healy et un short de bain rouge. Ses cheveux blonds s'étaient encore éclaircis et je savais que derrière ses Ray-Ban, ses yeux étaient sûrement encore plus bleus.

Tommy Cray était en train de me demander si je voulais faire un tour avec lui. Je ne savais pas parler aux mecs, pourtant l'un d'eux se tenait devant moi. Celui dont je rêvais, en plus. Et c'est lui qui me parlait.

Par chance, en cet après-midi étouffant, je réussis à ouvrir la bouche pour lui répondre :

— Euh, maintenant ?

— Oui, maintenant, répondit Tommy Cray. Tu as autre chose de prévu ?

— Euh, non. OK, d'accord, dis-je en tâchant d'agir comme si des mecs m'invitaient tous les jours.

Mon cœur battait si fort que j'avais l'impression que mon corps entier vibrait contre la chaise longue rouge et blanche.

Quelques minutes plus tard, on se retrouva à manger des hamburgers dans sa vieille Toyota. Quand du ketchup coula sur mon menton, Tommy Cray l'essuya, puis lécha son doigt. Assise dans cette voiture avec lui, j'avais l'impression que la nervosité allait me rendre malade. Il faisait le plus gros de la conversation : il partait pour la fac quelques jours plus tard, il devait faire ses valises, il se demandait s'il allait s'entendre avec son coloc…

— En tout cas, tu manqueras à tout le monde, ici, lui dis-je.

Mon Dieu ! Qu'est-ce que je pouvais dire comme bêtises ! Une vraie gamine.

Tommy se contenta de me sourire, puis me demanda :

— Ça te dit de venir un peu chez moi ?

— Oui, OK, répondis-je, étourdie.

C'était le milieu de la journée. Personne n'était à la maison. Quand je l'ai suivi à l'intérieur, je crois que je savais ce qui allait se passer avant même que ça arrive. Mon corps tout entier était en surchauffe, engourdi. Les mots d'Alice repassaient en boucle dans mon esprit : « *Kelsie, c'est juste que… tu sais… tu n'as jamais… été avec quelqu'un… de cette façon. Et il n'y a… rien de mal à ça, OK ? Mais… c'est juste que… une fois qu'on a couché avec quelqu'un… je veux dire…* »

J'avais peur et hâte à la fois. C'est à ce moment que je sus. Je sus que j'allais perdre ma virginité avec Tommy Cray.

Ne vous méprenez pas. Je ne suis pas idiote. Je n'ai jamais cru qu'en couchant avec Tommy, j'en ferais mon petit ami. Même quand je l'ai suivi dans sa chambre sans un mot, même quand je lui ai laissé m'enlever ma robe et mon haut de maillot alors que la porte n'était pas encore fermée. Alors que tout ça m'arrivait, j'avais conscience que Tommy Cray partirait quelques jours plus tard. Je savais qu'il rencontrerait des étudiantes super jolies qui accepteraient tout de suite de s'amuser avec lui. Je savais qu'il me voyait comme une gamine qui le suivait partout. Comme un coup facile. J'étais au courant. Mais j'avais l'impression qu'il fallait que je le fasse. C'était la conclusion logique à l'après-midi. Et peut-être même à l'été.

Un énorme poster de Jimi Hendrix était accroché au mur. Il était jaune et violet, avec des lettres psychédéliques qui demandaient : « Are you experienced ? »

Je n'en avais pas, mais Tommy si. Quand il se pencha vers moi, je sentis l'odeur de chlore qui se dégageait de sa peau.

— Tu es tellement belle, Kelsie, me dit-il. Je t'ai observé tout l'été.

Incapable de parler, je me contentai de sourire et de hocher la tête. J'essayais de graver chaque détail dans ma mémoire : les poils clairs et fins de son torse, légèrement ondulés, comme ceux de ses mollets magnifiques ; ses lèvres qui avaient un goût de hamburger et de Labello à la vanille ; sa façon de poser ses mains où il voulait sur mon corps… et je le laissais faire.

Je suis en train de faire l'amour. Je suis vraiment en train de faire l'amour.

Ça m'a fait mal. Un mal de chien. Et en trois minutes, c'était bouclé.

Après, je n'eus qu'une envie : me rhabiller. Tout s'était passé si vite que mes cheveux étaient encore humides. J'enfilai ma robe et m'assis sur le lit. Je ne savais pas quoi dire. Tommy tendit le bras pour attraper son short. La petite voix à l'intérieur de ma tête qui me rappelait qu'on n'avait pas utilisé de préservatif se fit de plus en plus forte, mais je lui rabattis son caquet. Tommy ne l'avait pas proposé et je suppose que je lui avais fait confiance.

— Tu ne me l'avais pas dit, lança-t-il.

J'avais mal entre les jambes. C'était très douloureux.

— Je ne t'ai pas dit quoi ? lui demandai-je.

Tout à coup, je me rendis compte que sa chambre était en désordre. Il était sur le point de partir pour la fac, pourtant il n'avait pas encore commencé à faire ses bagages. Un sandwich vieux d'au moins cinq jours était posé sur son bureau. J'étais sûre qu'il avait commencé à moisir.

— Que tu ne l'avais jamais fait.

Il ne me regardait pas. On aurait dit qu'il pensait que j'allais me mettre à paniquer. Je crois qu'à ce moment-là, j'en avais envie, mais je ne l'aurais jamais fait devant lui.

— Et alors ? rétorquai-je, comme si ce n'était pas grave. Il faut bien commencer un jour, non ?

Je me suis demandé comment il s'en était rendu compte. Je suppose que je n'avais pas rempli mon rôle correctement.

Non, je n'avais pas d'expérience. Aucune expérience du tout.

Tommy Cray gratta une piqûre de moustique sur sa cheville et regarda l'heure sur son réveil. Histoire de m'éviter tout embarras, je le devançai :

— Je ferais mieux de rentrer.

— OK, répondit-il.

Il avait l'air soulagé.

On s'était à peine embrassés.

Je demandai à Tommy de me déposer un peu avant chez moi pour que ma mère ne voie pas sa voiture.

Avant que je sorte de la Toyota, il m'embrassa vite fait sur les lèvres.

— Bon, bonne chance pour la fac, lui lançai-je.

Je mourais d'envie qu'il me dise quelque chose de tendre ou de romantique. Quelque chose qui me donnerait l'impression d'avoir fait le bon choix.

— Merci, dit-il. Envoie-moi un message de temps en temps.

— D'accord, répondis-je avant de sortir et de rentrer chez moi.

À mi-chemin, je me suis souvenue que je n'avais pas son numéro.

Je n'en ai pas parlé à Alice. Je sais. J'ai agi de cette façon parce qu'une partie de moi, la plus malsaine, voulait lui prouver que je n'étais pas une vierge inexpérimentée. Pourtant, après avoir couché avec Tommy, je n'avais pas l'impression d'avoir appris grand-chose. Je n'avais pas changé. Et puis, avouer à Alice que j'avais couché avec un mec qui n'était pas mon copain, un mec qui m'avait proposé de faire un tour dans sa voiture, était trop difficile. Trop gênant. D'accord, Alice s'était amusée avec Mark Lopez dans des circonstances similaires, mais elle, elle n'avait pas couché avec lui.

Par la suite, j'ai attendu pendant plusieurs jours que Tommy m'appelle ou m'envoie un message. J'ai passé ces derniers instants de l'été à faire les cent pas chez moi et à me regarder dans tous les miroirs en me disant : « Je ne suis plus vierge. »

Il ne m'a jamais appelée. Il ne m'a jamais envoyé de message.

Mais ça, ce n'est pas le Truc Trop Horrible.

Non. La suite est encore pire.

D'après vous, qu'est-ce qui peut bien arriver à une fille de bonne famille qui fait l'amour pour la première fois ? Il faut vraiment que je vous fasse un dessin ?

Quand je me suis rendu compte que j'étais enceinte, Tommy Cray était parti étudier à la fac et mon année de seconde avait commencé depuis un mois et demi. Les seules choses qui préoccupaient mes camarades étaient leurs devoirs, la personne qu'ils allaient inviter au bal de l'automne, ou encore les chances des Tigers de remporter le tournoi interlycées… Pendant ce temps-là, moi, j'essayais de ne pas vomir dans mon bol de céréales.

Ce n'était pas possible. Mais ça l'était. Tout à coup, les conférences du type « le véritable amour vous attendra » auxquelles ma mère m'avait traînée, toutes ces fois où elle m'avait demandé de me réserver pour mon futur mari, le rappel constant que Jésus préférait les vierges… Tout ça m'apparaissait comme une grosse farce. Qui était assez stupide pour tomber enceinte la première fois qu'elle faisait l'amour ?

La réponse était « moi ». Kelsie Sanders.

Un samedi après-midi, pendant que mon père travaillait et que ma mère avait emmené ma sœur acheter des chaussures, je suis allée au supermarché et j'ai volé un test de grossesse. Les caissières connaissent ma famille. Je n'aurais pas pu l'acheter. De toute façon, j'avais déjà péché, alors rien ne pouvait aggraver mon cas.

Les deux traits bleus me regardaient avec insistance. Ils étaient vraiment très bleus. Il ne pouvait y avoir aucun doute. C'était la preuve de ma descente aux enfers.

J'allais avoir un bébé.

Je n'en ai parlé à personne. Personne. Quand j'ai couché avec Tommy Cray, mon corps tout entier était engourdi. Cette fois, j'avais l'impression qu'il n'existait plus du tout. Il n'y avait plus que mon esprit et ces deux traits bleus. J'étais un zombie. J'enroulai le test dans du papier toilette et le cachai dans le tiroir de ma table de chevet. Puis, je m'observai dans le miroir comme je l'avais fait après avoir couché avec Tommy. J'examinai mes cheveux et mes yeux brun foncé. Les taches de rousseur sur mon nez. Mes dents du bonheur.

J'allais avoir un bébé.

C'était obligé. Je ne voyais aucune alternative. Depuis mon enfance, ma mère me traînait devant la clinique et me forçait à tenir des pancartes de fœtus avortés. Depuis mon enfance, on m'avait appris que l'avortement était le péché ultime.

Après tout, n'étais-je pas moi, Kelsie Sanders, la preuve du pouvoir du « Choix de la Vie » ? N'étais-je pas moi-même issue d'une grossesse accidentelle ? Une « surprise de Dieu », comme ma mère aimait à m'appeler ? Une surprise qui l'avait forcée à retrouver sa couleur naturelle, à quitter Chicago et à arrêter d'écouter des groupes aux noms étranges ?

Maintenant, c'était mon tour. Sauf que moi, je n'avais même pas eu l'opportunité de me faire percer le nez.

J'allais quand même avoir un bébé.

Je m'imaginai vivre toute ma vie sous le toit de mes parents. Je m'imaginai avec le bébé, dans le salon tout en bois, dans la cuisine avec le frigo qui ne s'arrête jamais de bourdonner ou dans ma chambre d'ado rose, la nuit, où je planifierais notre fuite en regardant les étoiles.

Et je n'arrêtais pas de penser : « Je suis désolée, mon bébé. »

L'avortement était donc hors de question et je n'étais pas le genre de fille capable de cacher sa grossesse sous un pull pendant neuf mois et d'accoucher au bal de promo. Alors, j'ai fait ce que j'avais à faire. J'en ai parlé à ma mère. Elle m'a fait faire trois tests en plus. J'ai carrément dû faire pipi devant elle. Entre les tests, j'avalais de grandes gorgées de coca light, adossée au lavabo de la salle de bains. Après, ma mère m'arrachait le stick des mains. Je crois qu'à un moment donné elle a même reçu du pipi sur elle. Mais ça n'a pas eu l'air de la gêner. Elle attrapait le test entre mes jambes, le fixait, puis déchirait l'emballage d'un autre paquet.

— OK, me dit-elle.

Elle était étonnamment calme. Ma mère n'est jamais calme. Elle cite Jésus sans arrêt, mais son amour du Seigneur ne lui a jamais apporté la paix intérieure. Elle m'envoie tout le temps sur les roses, elle me critique et se dispute avec mon père. Alors, même si elle s'arrête, ferme les yeux, et récite un passage de la Bible, ma mère n'est pas une personne paisible.

Il a fallu que je tombe enceinte pour qu'elle le devienne.

— Très bien, Kelsie. Je vais arranger ça, dit-elle.

J'étais persuadée que ça voulait dire que j'allais devoir abandonner l'enfant et le faire adopter. À cette pensée, je croisai les bras sur mon ventre. Je ne vais pas vous mentir et vous dire que je suis tombée amoureuse de mon bébé. Pour tout vous dire, j'avais constamment la nausée et j'étais tellement fatiguée que j'arrivais à peine à rester éveillée après 19 heures. Je réfléchis à la possibilité de confier le bébé à un gentil couple en Louisiane ou ailleurs et ça ne me parut pas si terrible. Peut-être qu'ils m'enverraient des photos à Noël et me laisseraient assister à son premier anniversaire. Peut-être qu'ils accepteraient qu'il ait un chien, contrairement à ma mère qui pense que des animaux dans une maison sont une source de ménage en plus.

Je me promis alors que si je devais choisir des parents adoptifs, je m'assurerais qu'ils lui offrent un chien.

Environ une semaine après les tests, ma mère me réveilla à 5 heures un samedi matin. Je n'avais pas la moindre idée de ce qui se passait.

— Habille-toi, Kelsie, murmura-t-elle.

Elle portait un jean et un tee-shirt noir, sans aucun maquillage. C'était bizarre, parce que ma mère ne sort jamais sans. Et sa garde-robe se compose de jupes, de robes ou de pantalons unis. Je ne savais même pas qu'elle possédait un jean.

— Qu'est-ce qui se passe ? demandai-je.

Dès que je me relevai, une vague de nausée m'envahit. Je posai les mains à plat de chaque côté de mon corps pour tenter de me calmer, puis je pris une grande inspiration.

— Habille-toi, répéta-t-elle, debout à côté de mon lit.

Mon père et ma sœur dormaient sûrement encore. J'enfilai des vêtements, puis la suivis jusqu'à la voiture. Je ne cessais de lui demander des explications, mais elle se contentait de me presser. D'habitude, je ne me gêne pas pour répondre à ma mère, peu importe le nombre de versets de la Bible que j'enfreins, mais ce matin-là, elle se comportait de manière tellement étrange que j'avais peur de dire quoi que ce soit.

On s'engagea sur l'autoroute.

— Kelsie, on va tout arranger, m'assura-t-elle les yeux rivés droit devant elle.

Je jetai un coup d'œil dans sa direction avant de reporter mon attention sur les panneaux et les maisons qui défilaient. Il faisait encore sombre, mais le soleil commençait à se lever. Je pense que c'est à ce moment que j'ai compris ce que ma mère avait planifié, mais je n'arrivais pas à y croire.

Ce matin-là, dans la voiture, j'observai son visage fermé et je ne pus m'empêcher de repenser à la photo que j'avais trouvée dans le grenier, à Flint. À ses cheveux colorés. À son piercing au nez. Le regard qui signifiait clairement, même si elle refusait de l'admettre, qu'à cette époque, elle s'amusait. Beaucoup. Je savais que j'aurais pu passer le reste de ma vie à la dévisager sans revoir une seule fois cette expression. Elle l'avait laissée à Chicago en 1993.

Elle continuait de conduire.

Je n'étais jamais entrée dans la clinique gynécologique. C'était un grand bâtiment gris avec de minces bandes de verre en guise de fenêtres, si petites qu'elles ne servaient sans doute pas à grand-chose. On aurait dit une prison. Pour être franche, chaque fois qu'on allait manifester là-bas, je me sentais mal. Je savais au fond de moi que l'avortement était une forme de meurtre mais quand je voyais le visage triste et accablé des patientes qui venaient consulter, je ne comprenais pas l'intérêt de manifester. Qu'est-ce que ça pouvait bien changer ? De temps en temps, j'apercevais des filles de mon âge, accrochées au bras de femmes qui étaient sans doute leur mère. En nous dépassant, elles cachaient leur visage contre l'épaule de leur mère et pleuraient. Quand je voyais ce genre de couples mère-fille, j'étais toujours un peu jalouse. Moi. Jalouse d'une fille qui se faisait avorter parce qu'elle pouvait pleurer sur l'épaule de sa mère.

Vous devriez en déduire quelque chose.

Quand on arriva à la clinique, il était si tôt qu'il n'y avait pas encore de manifestants pour nous interpeller. Ma mère avait tout calculé. Je n'avais aucune excuse pour pleurer sur son épaule. De toute façon, elle ne m'aurait pas laissé faire. Elle m'emmena à l'intérieur où un agent de sécurité qui avait l'air de peser deux cents kilos nous fouilla. Puis, on nous fit passer dans une autre pièce et à partir de là, tout se mélange dans ma tête.

Ma mère ne m'a jamais dit : « Kelsie, tu vas te faire avorter. » Plus tard, j'ai compris que pour elle, si les mots n'avaient pas été prononcés, c'était qu'il ne s'était rien passé. D'ailleurs, après ce jour-là, elle ne m'en a plus jamais reparlé. Comme s'il s'était agi d'un mauvais rêve.

Je savais que le personnel de la clinique nous avait reconnues. Pourtant, ils n'avaient pas émis le moindre commentaire et je leur en étais extrêmement reconnaissante. Dans la salle d'attente, je regardai mes baskets en essayant de faire le point sur mes sentiments. Étais-je soulagée ? Effrayée ? Triste ? Je n'en avais pas la moindre idée. En fait, je n'avais pas le temps de ressentir quoi que ce soit.

Ma mère remplit des formulaires sans m'adresser une seule fois la parole. Je l'entendis confirmer à l'infirmière qu'on habitait au moins à cent cinquante kilomètres de la clinique et qu'on pouvait donc bénéficier d'une procédure unique, histoire de ne pas revenir plusieurs fois. Très vite, je me retrouvai dans une chambre avec un docteur et une infirmière. Je tenais la main de l'infirmière. Elle était vraiment très gentille. Presque trop. Elle m'expliquait ce qui allait se passer, étape par étape, sans jamais me lâcher. Sa peau était douce et chaude. J'avais l'impression de toucher un tee-shirt en coton tout juste sorti du sèche-linge.

— Vous êtes vraiment très gentille, lui dis-je. Merci d'être aussi gentille.

Des larmes me brûlaient les yeux. J'essayai de les réprimer, mais j'en étais incapable. Alors, je les laissai couler le long de mes joues.

— De rien, ma belle, répondit l'infirmière.

Elle froissa ma blouse en papier bleue en s'approchant de moi. Elle se colla à mon épaule et je respirai son odeur. Elle sentait le talc. Elle portait une fine chaîne autour du cou avec une petite croix, comme ma mère. Sa blouse violette était couverte de papillons.

— Merci d'être aussi gentille, répétai-je.

Je répétai ces mots encore et encore pendant toute la durée de l'intervention. J'avais l'impression que si je continuais de les dire, tout irait bien. J'en étais persuadée.

— De rien, ma belle, répondait-elle à chaque fois.

Sa voix était tellement douce, tellement bienveillante. Elle continua de me répondre même lorsqu'elle arrêta de m'expliquer ce qui était en train de se passer.

Merci d'être aussi gentille.

Sur le trajet du retour, je ne me sentais pas bien. Je suppose que ma mère savait que j'allais être malade, parce qu'elle avait préparé un sac plastique. Quand je lui dis que j'avais envie de vomir, elle me le tendit.

— On ne peut pas s'arrêter ? demandai-je en voyant ce qu'elle me donnait.

— Non, répondit ma mère sans détourner les yeux de la route. Utilise le sac.

Je fais passer ma mère pour la méchante, mais quand on est rentrées à la maison, elle s'est un peu rattrapée. Elle m'a aidée à me mettre au lit et elle s'est assise au bord du matelas pour lire les instructions que lui avait données la clinique. Elle les a étudiées comme si elle allait être interrogée dessus. Personne d'autre n'est entré dans ma chambre de tout le week-end. Je ne sais pas ce qu'elle leur a raconté. Je suis restée au lit à feuilleter des magazines et à ignorer les messages et les appels d'Alice en repensant à l'infirmière de la clinique et en regrettant qu'elle ne soit pas là, avec moi, pour me tenir la main.

Comme je l'ai déjà dit, avec ma mère, on n'a plus reparlé du Truc Trop Horrible. Jamais. Elle ne m'a même pas demandé qui m'avait mise enceinte. La seule chose qui a changé, c'est qu'elle a arrêté de me forcer à l'accompagner aux manifs. Pourtant, elle continue d'y aller. Je me demande ce que pense le personnel quand ils la voient.

Pendant pas mal de temps, une ou deux semaines, je me réveillais, en panique, et l'espace d'une seconde, je pensais : « Oh mon Dieu, je suis enceinte ! » Puis, je me rappelais que je ne l'étais plus et j'attendais de ressentir quelque chose. Du soulagement, de la tristesse, n'importe quoi… mais j'étais vide de l'intérieur. Je n'en ai parlé à personne, pas même à Alice. J'ai failli plusieurs fois, mais au moment d'ouvrir la bouche, l'idée de tout me remémorer m'a épuisée à l'avance.

Heureusement, je suis une très bonne comédienne et j'ai vécu mon année de seconde comme si de rien n'était. J'ai obtenu des notes correctes, je suis devenue un peu plus populaire. J'ai continué de papoter avec Alice, et de rire aux blagues des filles cool, d'aller aux soirées, de boire, j'ai levé les yeux au ciel quand les garçons disaient des trucs débiles et, en général, j'essayais de ne penser à rien.

J'ai revu Tommy Cray. Forcément. C'est Healy. On se croise tous à un moment ou un autre. C'étaient les vacances de Noël. J'aurais été enceinte de cinq mois s'il ne s'était pas passé ce qui s'est passé. Quand j'étais seule, je regardais sur Internet à quoi mon bébé aurait ressemblé : votre bébé a des sourcils. Votre bébé sursaute aux bruits forts. Vous pouvez sentir votre bébé bouger.

Quand j'ai revu Tommy Cray, le bébé aurait eu la taille d'une banane. J'aurais commencé à le sentir bouger. La famille de Tommy dînait au Hot Biscuit. La mienne aussi. Je l'ai vu de l'autre côté de la salle et ça m'a coupé l'appétit. Mon père s'est énervé parce qu'on ne peut pas se permettre de manger au restaurant tous les jours. Alors ma sœur a dit : « Je mangerai sa part. » Elle déteste les disputes, surtout entre mes parents et moi. J'attendais que ma mère me rappelle que Jésus n'approuve pas que l'on gâche de la bonne nourriture, quand la famille de Tommy s'est levée pour partir.

— Je reviens, ai-je dit.

Je me suis levée sans attendre leur réponse et j'ai traversé la salle, droit vers Tommy.

— Kelsie ? a-t-il dit, surpris de me voir.

— Je peux te parler une minute ? lui ai-je demandé, sans me soucier du fait qu'on était en plein milieu du Hot Biscuit et que sa mère, son père et ses frères se demandaient ce que je fabriquais.

— Euh, maintenant ? On allait partir.

— C'est très important, ai-je insisté.

Je ne me suis pas retournée pour voir si ma famille nous observait.

— On t'attend dehors, est intervenue madame Cray.

Elle n'avait pas l'air de comprendre ce qui se passait, mais elle essayait d'être polie. Elle portait un de ces horribles pulls de Noël que la plupart des gens mettent pour rire… mais j'avais le sentiment que pour elle, c'était très sérieux. J'avais envie de hurler : « Tu as failli être mamie ! » Je perdais peut-être la tête.

Tommy et moi, on battit en retraite vers l'entrée, juste à côté du panneau « une serveuse va vous placer ».

— Bon, qu'est-ce qui se passe ? me demanda-t-il.

Je ne l'avais pas vu et je ne lui avais pas parlé depuis qu'on avait fait l'amour. C'était bizarre, comme sensation.

— Je voulais juste que tu saches que…, lâchai-je en baissant la voix. Je suis tombée enceinte.

Je n'arrivais pas à croire que j'avais balancé ça au beau milieu du Hot Biscuit. Je suppose que, dans un sens, c'était un soulagement de pouvoir enfin le dire à voix haute à quelqu'un.

Tommy avait écarquillé les yeux. Il baissa la tête vers mon ventre qui, bien sûr, était super plat.

— Hein ? demanda-t-il, perdu.

— Je ne le suis plus, lui dis-je, en espérant qu'il comprendrait.

— Euh, fit-il en se grattant l'arrière de la tête. Je peux… t'appeler ce soir ? Je suis pressé, là.

— D'accord. Mais tu as intérêt à le faire, rétorquai-je.

Je me surpris moi-même tandis que je le regardais entrer mon numéro dans son portable.

Quand je retournai à notre table, personne ne fit le moindre commentaire. Moi, j'agissais comme si j'étais allée aux toilettes. Ma mère me regarda, puis jeta un coup d'œil à la porte à travers laquelle Tommy avait disparu. Peut-être qu'elle avait compris. Peut-être pas. Qui sait ?

— Tout se passe bien ? demanda notre serveuse en approchant notre table.

— À merveille, répondit ma mère avec un sourire qui, j'étais la seule à le savoir, était faux.

Je vais vous étonner, mais Tommy m'a vraiment appelée. Tard, après 22 heures, mais il a tenu parole. Au début, il m'a demandé les trucs habituels : tu es sûre que c'est le mien ? Mais on ne l'a fait qu'une fois et bla-bla-bla... Je crois que, comme je n'étais plus enceinte, c'était plus facile pour lui d'en parler. Mon esprit ne cessait de retourner à cet après-midi d'été, dans sa chambre mal rangée, avec son sandwich moisi et le poster de Jimi Hendrix.

Trois minutes dans cette pièce avaient changé ma vie pour toujours.

— Putain, Kelsie, je suis désolé, s'excusa Tommy, et je pense qu'il l'était vraiment un peu. J'ai du mal à y croire.

— Pourquoi est-ce que tu ne t'es pas protégé ? demandai-je en enfonçant mes ongles dans ma paume pour trouver le courage de poser la question.

— Je ne sais pas, avoua-t-il. Je suppose que comme tu n'as rien dit, je me suis dit que tu prenais la pilule ou un truc.

— Oh, fis-je. Hé bien non.

— Non. Forcément.

On resta silencieux pendant un long moment. La vérité, c'est qu'on n'avait rien à se dire. On avait échangé des banalités à la piscine et on avait couché ensemble une fois. C'était tout.

— Bon, et à part ça, c'est comment la seconde ? demanda Tommy.

J'avais envie de le frapper à travers le téléphone. Il n'avait sûrement pas pensé à mal, mais ce n'était pas possible de poser une question pareille : *À part l'avortement, c'est comment la seconde ?*

— Oh, génial. C'est vraiment trop cool, répondis-je, la voix tendue par le sarcasme.

— Vas-y Kelsie, j'essaie d'être sympa. Je suis désolé. Vraiment. Mais je ne sais pas ce que je suis censé dire. Après tout, ce n'est pas comme si on était ensemble, toi et moi.

L'entendre de sa bouche me fit plus mal que ce que je pensais.

— Ouais, je sais, répondis-je.

Tout à coup, je n'avais qu'une seule envie : raccrocher.

— Allez, je ne disais pas ça comme ça, dit Tommy.

Je conclus avec un simple :

— OK.

Et raccrochai. L'espace d'une seconde, je me demandai s'il allait rappeler. Il n'essaya même pas.

Juste avant minuit, alors que j'étais sur le point de m'endormir, je reçus un message de sa part.

Ne m'en veux pas. On peut rester amis. Je suis désolé pour tout.

Plus tard, quand on a commencé à dire qu'Alice avait (sans doute/peut-être) couché avec Tommy et

Brandon à la soirée, je n'ai pas été jalouse. Pas vraiment. Même si elle me jurait et me soutenait qu'il ne s'était rien passé, je n'arrêtais pas de penser qu'à la base, c'étaient les paroles d'Alice qui m'avaient poussée à coucher avec Tommy.

Et maintenant, elle avait aussi couché avec lui. Sans doute.

Peut-être.

Chaque fois que je repensais aux paroles d'Alice (des mots emplis de pitié, mais presque affectueux), je me revoyais entrer dans la chambre de Tommy, cet après-midi d'été. Je repensais à la fraîcheur de mes cheveux humides contre ma peau bronzée, à la douceur de la moquette quand j'avais retiré mes tongs et que je m'étais allongée sur son lit défait, en sachant qu'il n'y aurait aucun retour en arrière possible.

Je me demandais si ma vie aurait été différente si Alice ne m'avait pas énervée.

Je me suis donné un an pour être triste à propos du Truc Trop Horrible et arrêter d'y penser. Malheureusement, il s'est passé tout un tas de trucs. La soirée d'Elaine. L'accident de voiture. La rumeur qui disait que Brandon était mort à cause d'Alice. La fin de notre amitié.

Un soir, presque un an jour pour jour après cet horrible matin à la clinique, j'ai rêvé que je dansais sur notre terrasse, à l'arrière de la maison, avec un petit garçon aux cheveux blonds et aux yeux plus bleus que l'eau de la piscine de Healy. Je compris alors que je ne pouvais pas mettre de date de péremption sur ma douleur, que ça ne fonctionnait pas comme ça.

Le lendemain, je me suis retrouvée avec Elaine, Maggie et d'autres filles dans les toilettes. Je ressentais encore le besoin de leur prouver que j'étais de leur côté, que je ne voulais être amie avec personne d'autre. Des fragments de mon rêve continuaient de me hanter. Je revoyais le poster de Jimi Hendrix, l'infirmière qui m'avait tenu la main, ma mère, méconnaissable… Je repensais au silence de Tommy ou encore à la réflexion d'Alice.

J'avais mal à la tête. Elaine avait l'air de s'ennuyer. Personne ne disait rien. Je me demandais si c'était parce que j'étais là. Elles ne m'aimaient pas beaucoup. Elles avaient senti que je n'étais pas vraiment comme elles. Elles étaient à deux doigts de se débarrasser de moi. J'en étais persuadée.

Alors, j'ai utilisé mes dons de comédienne et je me suis lancée : « Il faut que je vous dise quelque chose. À propos d'Alice. »

Mentir et initier les Toilettes de la Honte n'est pas quelque chose que la Kelsie de Flint aurait osé faire.

Je crois que c'est pour ça que moi, je l'ai fait.

Josh

Je déteste l'école. Je ne comprends pas l'intérêt. En plus je suis nul et je n'ai pas la moindre idée de ce que je vais faire après mon diplôme, mais je peux déjà vous dire que ça n'aura rien à voir avec les maths, la chimie ou Abraham Lincoln.

Mais je fais quand même tout pour réussir. Enfin… c'est surtout que je ne veux pas aller aux cours de rattrapage pendant l'été. Ce n'était pas si terrible que ça quand j'y allais avec Brandon. On s'asseyait au fond et on faisait des blagues pourries. Mais cet été, il ne sera pas là pour rendre ça moins pénible. Pareil pour les deux entraînements par jour.

Il ne sera pas là tout court.

L'autre jour, je devais faire des recherches pour un devoir d'histoire et j'étais déjà à la bourre. Alors, je suis allé à la bibliothèque pendant l'heure d'études et je me suis installé à un ordinateur. J'ai un ordi à la maison et tout, mais quand mon frère n'est pas en train de jouer, c'est ma mère qui est dessus... alors je me suis dit que le plus simple, c'était d'aller faire mes recherches là-bas.

J'avais espéré qu'il y aurait quelqu'un de ma classe avec qui rigoler et rendre cette histoire de recherches moins chiante... même si la plupart des gens passent l'heure d'études dans l'amphi où on a le droit de parler. Peut-être que s'il y avait eu une fille que je connaissais, je lui aurais demandé de m'aider. Je cherche tout le temps quelqu'un pour m'aider à travailler.

Mais quand je suis entré dans la bibliothèque, la seule et unique personne présente était Alice Franklin.

Je ne l'ai pas vue tout de suite parce qu'elle était plus ou moins cachée dans le fond, à une table placée derrière des ouvrages de référence que personne ne consulte jamais. En fait, je suis tombé sur elle par hasard en traversant cette partie de la bibliothèque. Elle avait un devoir de maths ouvert devant elle.

Ça m'a surpris, parce que j'ai tourné à un coin et elle était là. Assise toute seule à cette table, le livre ouvert et un cahier à spirales rempli de problèmes de maths. Elle m'a sûrement entendu arriver parce qu'elle a relevé la tête et on s'est retrouvés l'un en face de l'autre, à se jauger.

Elle a eu l'air choquée de me voir, mais ça n'a pas duré plus d'une seconde. Après, elle s'est contentée de me regarder. Au départ, on aurait dit qu'elle m'examinait, de façon neutre, puis je crois que je l'ai vue froncer ses sourcils, comme si elle était en colère. Ou plutôt : comme si elle avait peur de se mettre en colère.

Elle savait que c'était moi qui avais raconté qu'elle avait envoyé des messages à Brandon. Elle savait que tout le monde l'accusait de l'avoir tué à cause de moi. J'ignorais qui lui en avait parlé, mais ça n'avait pas la moindre importance. À Healy, tout finissait par se savoir.

Je n'arrive pas à croire que je sois resté planté là, à regarder Alice, comme un idiot. Je ne sais pas quelle expression j'avais sur le visage, mais elle a pris une grande inspiration, puis l'a relâchée, toute tremblante. Ensuite, elle s'est levée d'un bond, a refermé ses livres en faisant beaucoup de bruit, et est partie en les serrant contre sa poitrine. Tout s'est passé très vite et elle ne m'a pas accordé un seul regard.

Je suis resté longtemps comme ça, à la regarder s'éloigner. Puis, madame Long, la bibliothécaire, s'est approchée de moi.

— Josh, tu as besoin d'aide, peut-être ?

J'ai hoché la tête et je lui ai parlé du devoir, avant de la suivre jusqu'aux ordinateurs pour qu'elle puisse faire les recherches à ma place. Je savais qu'avec un sourire et un ou deux compliments bien placés, elle n'hésiterait pas à m'aider. C'était l'un des avantages d'être moi, je suppose.

Pendant que madame Long faisait des recherches dans l'une des banques de données, je me rappelai la fois, au collège, où Alice et moi avions fait un exposé ensemble sur les autobiographies. À cet âge, j'étais plus cool avec elle : je ne lui jetais plus de boulettes de papier dans les cheveux et on était même plus ou moins amis.

— J'aimerais vraiment qu'on fasse l'exposé sur Vince Young[1], me souvins-je lui avoir dit.

1. Joueur de football américain.

— C'est qui, Vince Young ? demanda Alice en fronçant le nez.

— Oh mon Dieu, Alice ! Comment tu ne peux pas savoir qui est Vince Young ?

Je me souviens avoir fait semblant de m'évanouir sous le coup du choc et Alice a ri de son rire puissant et un peu fou.

Elle a fini par céder. Elle n'a même pas râlé alors que c'est elle qui a fait tout le boulot.

Pendant que madame Long fredonnait, tapait sur le clavier et parlait, je continuais de me remémorer cet exposé. Je me rappelai que je l'avais fait rire et qu'elle avait vraiment été gentille.

Le truc, c'est que même si, parfois, je suis un idiot, je fais de mon mieux pour ne pas me comporter comme un connard. Et ce jour-là, j'avais vraiment l'impression d'en être un.

Kurt

Peu de temps après qu'Alice Franklin et moi eûmes partagé une pizza de Noël et de la bière, la fin du premier semestre arriva. Le vendredi avant les vacances de Noël, on a seulement cours le matin et il n'y a pas vraiment d'intérêt à venir. C'est juste une excuse pour manger des bonbons et regarder des films en classe. En temps normal, j'ai déjà le sentiment que le niveau de Healy High est beaucoup trop bas pour moi, mais les jours comme celui-ci, je suis presque insulté qu'on s'attende à ce que je vienne en cours.

Toutefois, j'essayais de me mettre dans l'ambiance. Depuis que j'avais commencé à aider Alice, j'avais retrouvé une raison d'arpenter les couloirs du lycée. Il se pouvait que je la croise et qu'elle me sourie. La tête un peu baissée. Les sourcils relevés sous sa capuche en guise de salut.

Je sais que je suis le seul à recevoir cette attention et ça me fait plaisir. J'ai l'impression d'être spécial.

En fait, je suis quasiment sûr qu'Alice ne parle plus à personne d'autre qu'à moi, à Healy High. Des fois, je rêve qu'elle vient s'asseoir à mes côtés à la cantine, mais depuis quelques semaines, Alice a cessé de venir manger. Je ne sais pas où elle se cache à midi. Les rumeurs à son sujet n'en finissent pas et à ce que j'ai entendu dire, les graffitis des tristement célèbres Toilettes de la Honte non plus.

La demi-journée avant les vacances, on ne servait, bien entendu, aucun repas. Affamé, je récupérai mes livres dans mon casier et me préparai à rentrer chez moi. La faim m'avait sans doute fait tourner la tête. C'est la seule explication possible au geste audacieux que j'ai entrepris par la suite.

Je croisai Alice dans le couloir principal. Elle portait son éternel sweat-shirt et son sac à dos tombait très bas sur ses fesses. Je tentai de ne pas la contempler trop longtemps, parce qu'en toute honnêteté, ça me faisait culpabiliser. Elle était toute seule. Elle observait la vitrine remplie de trophées et de photos des championnats des dernières décennies.

— Bonjour Alice, lui dis-je en me postant près d'elle.

J'avais l'impression que c'était quelque chose que j'avais le droit de faire. Après tout, on avait mangé de la pizza ensemble. On avait bu de la bière. Elle avait pleuré devant moi. Je lui avais offert un cadeau de Noël. On travaillait ensemble chez elle deux fois par semaine… Pourtant, j'appréhendais quand même sa réaction.

C'était inutile. Alice se tourna vers moi en souriant. Tellement que j'aperçus ses incisives de travers.

— Bonjour Kurt, me salua-t-elle.

Même si je savais cela biologiquement impossible, je sentis mon cœur tomber en chute libre jusqu'à mon estomac avant de remonter vers ma poitrine.

— Qu'est-ce que tu regardes ? lui demandai-je en désignant la vitrine.

— Oh, j'étais juste en train de me demander combien de ces personnes avaient quitté Healy, répondit-elle en regardant des photos des années 70 où tout le monde avait les cheveux longs et des pattes d'eph.

— Je dirais très peu.

— Je dirais que tu as raison. Bon, prêt pour les vacances ?

— On ne peut plus, répondis-je. Et toi ?

Alice secoua la tête d'un air chagrin, sans se départir de son sourire.

— C'est vraiment la peine que tu me poses la question ?

On resta plantés là un moment quand, soudain, mon cerveau affamé rentra en scène.

— Alice, ça te dit de venir manger chez moi ? Pour fêter ces deux semaines sans cours ?

La réaction d'Alice fut un mélange parfait de politesse et de choc. Elle sourit et écarquilla les yeux tout à la fois. L'espace d'une seconde, on aurait dit qu'on avait remonté le temps. Avant les rumeurs, les tags et sa mise à l'écart. À l'époque où le fait que quelqu'un comme moi invite quelqu'un comme Alice revenait à prouver l'existence de la quatrième dimension.

Mais cette époque était révolue. On était dans le présent, et une fois qu'Alice eut digéré ma question, elle répondit :

— Oui, d'accord. OK. Avec plaisir.

— Ma grand-mère a fait des croque-monsieur.

Je regrettai aussitôt d'avoir dit une chose d'aussi stupide. J'avais l'impression d'être retourné en maternelle. Alice s'était rendue dans des fêtes où les gens fumaient de la marijuana et buvaient de l'alcool. Et même si la rumeur avec Brandon Fitzsimmons était inexacte, je doutais qu'Alice Franklin soit toujours vierge. Moi, je l'étais. Et je ne réfléchissais pas avant de parler.

— J'aime bien les croque-monsieur, assura-t-elle.

— Oh, répondis-je. Parfait. Malheureusement, je n'ai pas de bière dégueulasse pour aller avec.

Quand Alice rit, je me félicitai d'avoir trouvé cette repartie, mais surtout, j'étais heureux qu'elle ait saisi la référence.

À la sortie, des élèves s'étaient attroupés devant l'entrée principale. Certains portaient des chapeaux de Père Noël. D'autres envoyaient des messages ou jouaient sur leurs portables. Pendant qu'on les dépassait, je sentais leurs regards sur nous.

— Alors, Kurt, murmura-t-elle, et à mes oreilles, sa voix était encore plus douce ainsi. Qu'est-ce que ça fait de te balader à côté de la plus grosse garce de Healy High ?

— Sûrement la même chose que de se balader à côté de la bête de foire du lycée, rétorquai-je.

Alice s'esclaffa et je l'imitai. Dans ma poitrine, je sentis de nouveau mon cœur dégringoler.

Comme prévu, ma grand-mère m'attendait avec des croque-monsieur. En voyant Alice, elle eut un instant l'air surprise avant de se reprendre et de devenir la parfaite hôtesse de maison qu'elle se targuait d'être.

— Tu veux un peu de lait ? Du jus de fruits ? demanda-t-elle en inspectant son frigo.

— De l'eau, c'est très bien, merci, répondit Alice.

Après lui avoir tendu un verre d'eau glacée, ma grand-mère disparut, nous laissant Alice et moi dans ce qu'elle appelait le coin « déjeuner ».

— C'est bon, dit Alice en prenant une bouchée.

— Ma grand-mère est très bonne cuisinière, acquiesçai-je.

— Tu as toujours vécu avec elle ? demanda-t-elle. Depuis que tes parents sont morts ?

— Oui, répondis-je.

J'admirais la façon directe dont elle m'avait parlé de mes parents. Rien à voir avec les amis de l'église de ma grand-mère qui parlaient toujours de leur disparition de manière vague, comme s'ils s'étaient un jour évanouis dans la nature.

— Pourquoi est-ce que vous viviez à Chicago, au fait ?

— Ma mère enseignait l'histoire à l'université de Northwestern. Mon père travaillait au sein du département pédagogique de l'Institut d'art.

— Waouh, fit Alice. C'étaient des têtes ! Mais ça paraît logique. Où est-ce qu'ils se sont rencontrés ?

— À la fac. À Houston. Tu savais que mon père était le seul et unique élève de Healy High à avoir été admis là-bas ?

Je ne l'avais pas dit pour me vanter. C'est juste que ça m'avait toujours sidéré qu'aussi peu d'élèves de Healy essayent d'y entrer alors que c'était une des meilleures écoles du pays et qu'elle était seulement située à une heure de route.

— Peut-être que tu y iras aussi, me dit Alice. Je suis certaine que quelqu'un d'aussi intelligent que toi n'aura aucun problème pour y entrer.

Je haussai les épaules. Je n'avais pas encore vraiment réfléchi à ce que j'allais faire après la terminale. Ma grand-mère apprécierait sans nul doute que je reste près d'elle, mais une part de moi rêvait de retourner à Chicago. Quand j'en parlai à Alice, elle me demanda si la ville me manquait.

— Je ne m'en souviens pas assez pour qu'elle me manque, lui répondis-je. Mais au fond de moi, j'ai le sentiment qu'il faut que j'y retourne. Comme si c'était ma destinée de vivre là-bas.

Je regrettai aussitôt d'avoir employé le mot « destinée ». J'avais peur de paraître bizarre ou d'être assimilé à ces geeks qui jouent à *Donjons et Dragons*.

Toutefois, Alice se contenta de hocher la tête, comme si elle comprenait.

— Ta vie aurait été très différente si tu étais resté là-bas, pas vrai ? Enfin, tu vois ce que je veux dire. Des parents instruits. Une grande ville. Des tas d'opportunités.

— C'est vrai, répondis-je.

J'avais imaginé ce que ma vie aurait pu être des milliers de fois, tout en essayant de faire la paix avec mon existence à Healy et les circonstances qui m'y avaient amené.

— Mais, je suis sûr que je n'aurais pas apprécié certains aspects de la vie à Chicago. Et certains aspects de la vie à Healy m'auraient fait défaut.

Alice eut une moue dédaigneuse.

— Comme quoi ?

Toi, pensai-je sans oser le dire.

— Le calme, le soir, répondis-je. Aller faire des courses au supermarché et pouvoir les ramener chez soi même si on a oublié son portefeuille parce que les employés savent qu'on reviendra et qu'on les paiera plus tard. Je ne sais pas.

— Le fait que tout le monde connaisse ta vie, tu veux dire ? demanda Alice.

Tout à coup, je me rendis compte que c'était la première fois qu'on abordait vraiment ce qui lui était arrivé.

— Il y a ça aussi, c'est vrai. Et ce n'est pas agréable. Tu le sais plus que quiconque.

— Non, répondit-elle, sans me regarder, tandis qu'elle émiettait doucement le reste de la croûte de son croque-monsieur. Ce n'est pas agréable du tout. (Elle resta silencieuse un moment avant de continuer.) Des fois, je me demande ce qu'aurait été ma vie si mon père n'était pas parti. Un peu comme tu dois le faire quand tu imagines que tes parents ne sont pas morts.

— Quand est-il parti ? demandai-je.

Je ne savais rien sur le père d'Alice.

— Je suppose qu'il n'a pas pu partir s'il n'a jamais été là à la base, pas vrai ? dit-elle en haussant les épaules, comme s'il s'agissait d'une plaisanterie récurrente. C'était un mec avec qui ma mère sortait à Dove Lake. Il était mécanicien. Elle venait de terminer le lycée et elle étudiait pour devenir assistante dentaire. Apparemment, c'était l'ami d'un ami. Quand elle est tombée enceinte, ils ont emménagé ensemble et ils ont tout fait pour que ça marche. Mais ma mère m'a dit que je pleurais beaucoup quand j'étais bébé.

J'avais des coliques assez sévères. Du coup, je criais pendant des heures. Alors, mon père, il s'appelle Hank, en a eu marre et a annoncé à ma mère qu'il n'était pas prêt à être père.

— Il n'a pas l'air très sympa, dis-je.

— Peut-être, répondit Alice.

L'assiette devant elle était remplie de miettes. Je l'observai les écraser doucement du bout de son index.

— Je me demande quand même comment aurait été ma vie si je n'avais pas eu de coliques. Si j'avais été le bébé le plus cool du monde. Je suis sûre que ma mère se pose la question, elle aussi.

— S'il était incapable de supporter les coliques, il aurait été tout aussi incapable de gérer les problèmes suivants, rétorquai-je sans aller plus loin.

À son expression, il était clair qu'Alice n'appréciait pas que je critique son père. Elle aimait imaginer que les choses auraient été plus belles s'il était resté. Que sa vie aurait été plus heureuse.

— Je suis un cliché ambulant, hein ? railla Alice avec un sourire narquois. Mère célibataire. Père absent. Trop de petits amis. Je cherche l'amour aux mauvais endroits, bla-bla-bla…

Discuter avec elle me faisait tellement plaisir, me rendait si heureux que je rassemblai mon courage et lui dis :

— Alice, tu ne seras jamais un cliché. Pas même dans un billion d'années.

Alice posa ses magnifiques yeux marron sur moi et me sourit.

— Un billion d'années ? C'est prouvé scientifiquement ?

Je haussai les épaules et lui souris.

— Oui, répondis-je. Je suis on ne peut plus sérieux.

— Tu as peut-être raison, dit-elle. Mais j'en doute.

Je me demandais si ce déjeuner était le moment idéal pour lui parler de ce que m'avait confié Brandon, mais tandis que j'essayais de trouver par où commencer mon histoire, elle leva les bras au-dessus de sa tête pour s'étirer et dit :

— Bon, ça devient un petit peu trop intense pour moi. Je ferais mieux d'y aller.

L'espace d'un instant, je m'inquiétai de lui avoir fait peur, mais quand je la raccompagnai à la porte, elle me demanda si je pourrais continuer de lui donner des cours après les vacances. La perspective de ne pas voir Alice pendant deux semaines m'attristait, mais je lui assurai que je recommencerais à l'aider dès que l'école reprendrait et elle me remercia encore une fois.

Tandis qu'elle sortait, je lui proposai de la ramener chez elle en voiture, mais elle me dit qu'elle avait envie de marcher.

— Après tout, que pourrait-il bien m'arriver dans la belle ville de Healy où tout le monde connaît ton nom et ta vie ? ajouta-t-elle avec un sarcasme à couper au couteau.

Je lui souris.

— Allons Alice, plaisantai-je. Tu sais bien qu'il ne se passe jamais rien à Healy !

— Sauf à moi, rétorqua-t-elle en soupirant et en levant les yeux au ciel.

Quand elle se retourna, je la regardai s'éloigner et en la voyant arriver sur la route, je me rappelai soudain qu'elle allait devoir passer devant la maison de Brandon

Fitzsimmons. En rentrant du lycée, on avait emprunté la porte qui donnait directement dans la cuisine.

Cette fois, elle était obligée de passer devant. Devant la maison, mais aussi devant le panneau rouge et blanc planté dans le jardin qui disait : « BRANDON FITZSIMMONS * HEALY TIGER * À JAMAIS DANS NOS CŒURS ! »

Je la regardai avancer sur le trottoir, et quand elle traversa la rue au niveau de la maison de Brandon, j'eus envie de croire qu'elle relevait sa capuche pour dissimuler son visage à cause du froid de décembre. Mais ce n'était sûrement pas la seule raison.

ELAINE

La cabine des Toilettes de la Honte a développé une vie propre. Je ne crois pas que Kelsie, ni aucune d'entre nous, pensait que ça prendrait de telles proportions. À Noël, elle était déjà dégueulasse. Les trucs que les gens écrivaient étaient incroyables. Moi, je n'ai écrit qu'une fois, le jour où Kelsie nous a parlé de l'avortement d'Alice. Mais ça a été suffisant. Je vous avais bien dit que tout le monde voulait m'imiter.

Je n'arrive pas à croire que le lycée ne l'a jamais fait nettoyer. Ou que la mère d'Alice ne se soit jamais plainte. C'est marrant comme les choses dérapent, parfois. Et c'est marrant de se sentir obligée de jouer les garces populaires parce que c'est le rôle qu'on t'a attribué. Je sais, c'est nul. On dirait que je me cherche des excuses. Mais les choses sont ce qu'elles sont.

Il n'y a pas si longtemps, juste avant les vacances de Noël, j'ai vu Alice sortir de l'école avec ce mec super bizarre, Kurt Morelli. Ils sont tout le temps ensemble en ce moment. Avant, Alice marchant à côté de Kurt aurait été l'équivalent de la Reine d'Angleterre marchant à côté d'un SDF ou un truc dans le genre. Je me demande si ce type est au courant pour les Toilettes de la Honte et pour l'avortement. Même en étant aussi peu populaire, il a forcément entendu quelque chose. Est-ce qu'ils sortent ensemble ? Est-ce qu'ils couchent ensemble ? Rien que d'y penser, ça me donne envie de vomir, mais… bref. Ça faisait bizarre de les voir tous les deux, c'est tout.

Pourtant, ça m'enlevait aussi un poids des épaules. Ne te méprends pas. Il y a une partie de moi qui ne supporte toujours pas Alice et qui pense qu'elle n'a eu que ce qu'elle méritait : pour être sortie avec Brandon en quatrième, pour ne pas être intervenue quand il a lu mon journal, pour avoir couché avec deux mecs à *ma* fête, pour avoir tué Brandon…

Mais une autre partie de moi se demande si les choses ne sont pas allées trop loin. Je n'en sais rien. Je n'arrête pas de penser à la question de Maggie à Kelsie, le jour où on a appris l'avortement d'Alice.

Tu n'as même pas pitié d'elle ?

C'est difficile. De ne pas avoir pitié d'elle, je veux dire. Au moins un tout petit peu.

Ce n'est pas tout. Il s'est passé autre chose, ces derniers temps : j'ai arrêté de tenir mon journal. J'ai fini par le ressortir du placard et j'ai essayé d'écrire dedans, mais je ne sais pas pourquoi, ça m'a paru ridicule. Un journal est censé être personnel et même si la seule autre personne qui l'a lu est morte, ça fait quand même bizarre. Alors, j'ai arraché toutes les pages et je les ai passées à la déchiqueteuse dans le bureau de mon père.

Après, j'ai mis tous les morceaux dans un sac et je l'ai jeté dans la poubelle des voisins. On ne sait jamais.

Même si cette année n'a pas été de tout repos, j'adore ma ville et je n'ai pas du tout envie de la quitter. Je veux aller à la fac du coin et épouser un mec qui voudra rester à Healy pour toujours. Il reprendra le commerce de mon père et je l'aiderai à le faire tourner. Je veux aussi une fille qui sera tout comme moi. Je ferai partie des parents d'élèves, j'entraînerai les pom-pom girls et j'aiderai à organiser le carnaval et ce genre de trucs.

Je sais à quoi tu penses. C'est nul. C'est bien un truc de bouseux. Mais *pourquoi* est-ce que ce serait nul, d'abord ? En quoi est-ce que c'est nul de vouloir vivre dans un endroit que l'on aime et où l'on se sent en sécurité ? Je ne suis pas bête. J'ai 14 de moyenne et je regarde les infos tous les matins en mangeant mes flocons d'avoine aux myrtilles (4 points Weight Watchers). Je connais le nom de nos deux sénateurs, je sais calculer les charges patronales parce que je travaille dans la boutique de mon père tous les étés depuis que j'ai treize ans et je peux aussi placer les principaux pays sur une carte si tu me laisses un peu de temps pour réfléchir.

En seconde, le club de mode est allé en voyage à New York. Quand on a dit au guide de l'Institut de la mode et de la technologie d'où on venait, elle a eu un sourire compatissant. Je veux dire, c'est une chose de venir du Texas, mais si tu n'es pas de Houston ou de Dallas, ou au moins de San Antonio, tu passes pour un plouc.

— Healy ? Je crois que vous êtes mon premier groupe de cette ville. Il y a combien d'habitants là-bas ?

Elle nous parlait super lentement alors que je croyais que les New-Yorkais étaient censés parler vite.

— Un peu plus de trois mille, a répondu la prof.

— Mon Dieu ! C'est le nombre de personnes qui vivent dans mon immeuble !

Ah ah.

Alice Franklin faisait partie du voyage. Pour payer, elle avait économisé l'argent qu'elle avait gagné en baby-sitting et à la piscine. Je me souviens que lorsque le guide a dit ça, je me suis tournée vers elle et on a toutes les deux levé les yeux au ciel.

Si j'avais grandi à Manhattan et que j'avais eu envie d'y rester pour toujours parce que je m'y sentais en sécurité et que j'aimais la ville, personne ne m'aurait fait la moindre remarque. On m'aurait prise pour une fille sophistiquée. Et pourquoi ? Parce qu'ils ont le métro ? Parce qu'il n'y a pas qu'un seul cinéma ? À cause des lions devant la grande bibliothèque ? (Oui, j'en connais, des choses.) Très sincèrement, je ne vois pas la différence. Si j'étais née à Manhattan, j'aurais sûrement voulu rester ici, comme j'ai envie de rester à Healy. Et pour être franche, même à Manhattan, je pense que j'aurais été populaire. Et ce n'est pas parce que je vis dans une petite ville que je n'ai pas conscience que, même à Manhattan, une fille comme Alice Franklin aurait été considérée comme une salope.

J'ai oublié. Il y a eu un autre gros changement, cette année. J'ai enfin arrêté d'aller aux réunions Weight Watchers.

Un samedi, juste avant les vacances, ma mère est entrée dans ma chambre très tôt, avec ses vêtements

« spécial pesée ». Elle portait un bas de pyjama en coton et un débardeur à chaque réunion, parce qu'elle était persuadée qu'ils ne pesaient rien. Elle était super stressée parce qu'à Noël, elle avait mangé des centaines de sucres d'orge et bu des litres de lait de poule.

— Elaine ! Réunion ! cria-t-elle. C'est l'heure !

Je serais incapable de t'expliquer pourquoi j'ai fait ce que j'ai fait, mais je me suis cachée sous les couvertures et j'ai répondu :

— Je n'y vais pas.

— Quoi ?

Je ne voyais que les petites fleurs roses de mes draps. Je me concentrai sur l'une d'elles et la fixai de toutes mes forces.

— Je n'y vais pas, répétai-je.

— La semaine s'est tellement bien passée ! J'ai vu ton journal des calories. Tu as mangé moins que les points de ton objectif !

Oui et je meurs de faim, pensai-je. *Si je continue de manger du yaourt grec, je vais finir par danser le sirtaki.*

— Je n'ai pas envie, c'est tout, dis-je.

— Est-ce que tu peux au moins baisser les couvertures que je voie ton visage ?

J'étais persuadée que j'allais me dégonfler dès que je la regarderais dans les yeux, mais contre toute attente, je tins bon :

— Je n'ai pas envie d'y aller.

Ma mère prit une grande inspiration et essaya de sourire, mais je savais qu'elle était agacée. Le truc avec ma mère, c'est qu'elle essaie toujours d'être mon amie. Du coup, elle était sûrement en train de se demander si elle devait me forcer à l'accompagner ou si elle allait considérer cette semaine comme un break inattendu dans notre routine entre filles.

— Je sais que tu as perdu du poids, si c'est ça qui t'inquiète, dit-elle.

Je glissai les mains sous les couvertures et serrai le drap à fleurs roses.

— Maman, je ne viendrai pas. Je ne viendrai pas aujourd'hui, et je ne viendrai pas la semaine prochaine non plus. Je ne viendrai plus parce que je n'en ai pas envie et que je n'en ai pas besoin. Si tu veux continuer, pas de souci. Mais ce sera sans moi.

Voilà. Je l'avais dit.

Ma mère fit sa moue habituelle. Je savais qu'elle allait m'ignorer pour le reste de la journée. Elle se retourna et me laissa seule. Quand elle fut partie, je me laissai retomber contre mes oreillers. J'étais fière de moi.

Fini l'apnée pendant les pesées. Fini les vieilles dames qui vaporisent du Febreze sur leurs pizzas pour ne pas les manger. Fini les substituts à bas points sans aucun goût. Fini fini fini.

J'attendis d'entendre le 4x4 de ma mère démarrer et sortir de l'allée. Je savais que mon père dormait encore. Puis, je descendis dans la cuisine, attrapai un paquet de Pop-Tarts et le ramenai dans ma chambre, où je m'affalai de nouveau dans mon lit et mangeai les six biscuits en dix minutes montre en main. Le glaçage au chocolat fondait sur la langue, et on aurait dit que le fourrage au marshmallow était uniquement composé de sucre et de gras. Pas la peine de les passer au grille-pain. Je les mangeai comme ça et je savourai la moindre bouchée.

Quand j'eus terminé, je me tapotai le ventre. Puis, je regardai par la fenêtre à côté de mon lit la rue qui passait devant la maison des Nealy et celle des Carver, puis qui tournait. Je ne distinguais rien au-delà du virage, mais je connaissais toutes les maisons suivantes, et toutes les personnes qui vivaient dedans. Tout comme dans toutes les rues et recoins de Healy. Et cette idée, comme le paquet de Pop-Tarts, me rendait heureuse. Je me sentais complètement à ma place.

Je jetai le paquet vide dans la poubelle où ma mère finirait par le trouver, je le savais, puis me glissai de nouveau sous les couvertures et me rendormis.

KELSIE

La dernière journée avant les vacances de Noël se termine toujours à midi. C'est aussi le jour d'école le plus inutile du monde. Peut-être même plus inutile que le dernier jour de l'année. Au moins, les profs n'ont plus aucune raison de nous donner des devoirs ou de noter les absents. Mais la demi-journée avant les vacances de Noël, c'est à celui qui trouvera le meilleur moyen de tuer le temps.

J'étais coincée en chimie et je m'ennuyais à mourir. Alors, j'ai demandé à aller aux toilettes. Sauf que je me suis retrouvée dans les Toilettes de la Honte. Ce n'est pas comme si on avait arrêté de les utiliser, mais…

D'habitude, Alice Franklin n'est pas en train de se laver les mains dedans.

À l'instant où j'entrai, j'eus envie de prendre les jambes à mon cou, mais ça aurait été lâche de ma part. Il fallait que j'assume mes actes. Je ne pouvais plus revenir en arrière.

En fait, je n'avais pas envie d'aller aux toilettes. Mon plan, ça avait été d'envoyer des messages à des amis, de m'amuser sur mon portable ou, tout simplement, de passer le temps ailleurs qu'en cours de chimie.

Mais Alice Franklin, mon ancienne meilleure amie, était bien là, avec son pull trop grand un peu bizarre, en train de se sécher les mains. En m'entendant approcher, elle releva la tête et me regarda. Droit dans les yeux.

On n'avait rien à se dire. Je restai plantée là un instant avant d'entrer dans une cabine. Pas celle des Toilettes de la Honte. Une autre. J'essayai de faire pipi, mais j'en étais incapable. Cinq minutes s'écoulèrent. Je pensais qu'Alice allait partir, mais quand je l'entendis dire à une fille qui passait qu'elle voulait les toilettes pour elle toute seule, je sus que j'allais être obligée de lui faire face. Quand je sortis, Alice était toujours là, à m'observer. Ses yeux sombres me transperçaient. Mon cœur battait à toute allure. Je me sentais mal.

— Pourquoi est-ce que tu as raconté à tout le monde que je m'étais fait avorter ? demanda Alice d'une voix neutre.

À présent, mon cœur battait si fort que j'étais certaine qu'elle pouvait l'entendre. Comme dans cette histoire bizarre qu'on a lue en cours d'anglais, où un mec est persuadé qu'il peut entendre le cœur de sa victime dissimulée sous son plancher.

Je ne répondis pas. Je restai plantée là.

— Pourquoi est-ce que tu racontes à tout le monde que je me suis fait avorter alors que tu sais que ce n'est pas vrai ? reprit Alice.

Elle avait les joues rouges et elle respirait fort. Elle aurait pu m'en vouloir pour des tas de choses. Pour l'avoir laissée tomber. Pour l'avoir ignorée. Pour avoir été à l'origine des Toilettes de la Honte. Mais à ce moment-là, c'était la rumeur sur son avortement qui l'énervait le plus. Et je ne pouvais pas lui en vouloir.

— Je..., fis-je.

Je n'arrivais pas à parler. Comme je l'ai déjà dit, on n'avait plus rien à se dire. Rien du tout.

— Écoute, dit Alice.

L'espace d'un instant, je me demandai si elle allait me frapper. Ce n'est pas comme si je ne le méritais pas. Mais elle resta près du lavabo pendant que je reculais contre la porte des toilettes, aussi loin d'elle que possible. Quand elle reprit la parole, sa voix était grave et posée, pourtant, on aurait dit qu'elle était à deux doigts d'exploser.

— Je sais très bien que je ne peux rien faire par rapport aux conneries qu'on dit sur Brandon, Tommy et moi. Je le sais, d'accord ? Et je sais aussi que personne n'oserait penser une seconde que le merveilleux et adorable Josh Waverly aurait pu inventer cette histoire de messages qui auraient causé l'accident. Très bien. Les gens croient ce qu'ils veulent. Peu importe ce que j'en dis. Mais toi, tu sais que l'avortement est un mensonge. Tu le sais !

En le répétant, elle frappa le bord du lavabo en porcelaine du plat de la main. Je sursautai légèrement.

— Je..., commençai-je.

Alice semblait me supplier du regard de dire quelque chose, n'importe quoi. J'en étais incapable. J'en étais parfaitement incapable.

Et puis, tout à coup, elle se mit à pleurer. Sans bruit, des larmes coulèrent le long de son visage. Malgré tout, sa voix resta posée, posée et calme.

— Tu étais ma meilleure amie, Kelsie. Ma meilleure amie. Alors, tu ne sortiras pas d'ici avant de m'avoir expliqué pourquoi tu as menti, murmura-t-elle en avançant vers moi. Tu ne peux pas inventer des trucs comme ça !

Je déglutis. Maintenant, c'était moi qui respirais fort. Et j'étais quasiment sûre que j'avais les joues rouges, aussi.

— Tu peux parler, tu m'as menti toi aussi, dis-je avec difficulté. Tu m'as menti à propos de ce que tu avais fait avec Mark Lopez l'été dernier, à la piscine. Et tu t'es justifiée en prétendant que je ne pouvais pas comprendre parce que j'étais vierge.

Je crachai le mot « vierge » comme si j'avais autant le droit d'être en colère contre Alice qu'elle avait le droit de m'en vouloir.

Elle me dévisagea, prise au dépourvu, comme si elle s'était imaginé des tas de raisons possibles, mais que jamais, ô grand jamais, elle n'aurait pensé à celle-ci. Elle secoua la tête, comme si elle se répétait mes mots dans son esprit.

— Mark Lopez ? Ça s'est passé il y a une éternité ! Je ne… Qu'est-ce que ça a à voir avec…

Elle resta plantée là. Désarçonnée, je suppose. Moi, je respirais toujours aussi fort, j'avais la gorge sèche et mon cœur semblait sur le point d'exploser.

Pendant une seconde, pendant une toute petite et infime seconde, je fus tentée de tout raconter à Alice. Genre, tout. Comme les meilleures amies sont censées le faire. Que j'avais ressenti le besoin de prouver quelque chose après l'avoir entendue dire ça. Que j'étais jalouse d'elle. Que j'avais couché avec Tommy Cray. Que j'avais été terrifiée à l'idée de perdre tous mes amis et de redevenir une moins que rien en traînant avec elle. J'avais même envie de lui parler de l'avortement. Parce qu'elle souffrait et que moi aussi (oui, toujours) et parce que je voulais quelqu'un à qui parler. N'importe qui. Mais je savais que je ne pouvais rien lui dire. Je ne suis pas assez courageuse. Je suis comme ça. Pour vous dire la vérité, parfois, j'ai l'impression d'être la pire personne du monde.

On resta silencieuses une minute. Alice arrêta de pleurer. Elle avait juste l'air perdue. Elle me dépassa pour aller chercher du papier toilette et se sécha les yeux. Quand elle ressortit, elle me regarda et me dit, très lentement, comme si j'étais stupide :

— OK. Donc, tu as raconté à toute l'école que je m'étais fait avorter parce qu'une fois, il y a des mois, je ne t'ai pas dit que j'avais sucé Mark Lopez parce que j'en avais honte ? C'est bien ça ?

— Tu as dit que j'étais vierge ! répétai-je.

Mon Dieu, dit comme ça, ça paraissait idiot. Ridicule, même.

— Ben… Tu l'es, répondit Alice en laissant traîner ses mots comme si j'étais une gamine de maternelle. Pas vrai ?

Voilà : c'était ma chance de remettre les choses en ordre. Ma chance de dire la vérité. De tout arranger.

Mais j'en étais incapable. J'avais peur de redevenir la Kelsie de Flint. Et surtout, même si ça peut paraître stupide, une part de moi tient Alice Franklin responsable du Truc Trop Horrible. C'est mesquin et puéril. J'en ai conscience. Ma mère est bien plus fautive qu'elle et je ne devrais m'en prendre qu'à moi-même. Mais à ce moment-là, dans les toilettes, je ne pus m'empêcher de me demander si les choses se seraient passées différemment si Alice ne m'avait pas traitée comme une petite fille naïve.

Peut-être.

Du coup, je ne lui dis pas la vérité. Je n'arrangeai rien. Je restai plantée là.

— OK, fit Alice. (Puis, elle ajouta :) Alors, dis-moi en face que tu sais que cette histoire d'avortement est un mensonge.

Je hochai la tête.

— C'est un mensonge, murmurai-je. Je l'ai inventée de toutes pièces.

Elle n'avait pas l'air soulagée. On aurait plutôt dit qu'elle n'arrivait pas à croire que j'aie avoué aussi facilement. Elle jeta le papier roulé en boule dont elle s'était servi pour sécher ses larmes, puis se tourna de nouveau vers moi.

— Tu sais quoi, Kelsie ? dit-elle, tout à fait calme. Va te faire voir.

Elle me regarda encore un instant, immobile devant moi. Sa voix s'était un peu brisée à la fin de sa repartie, comme si elle avait été sur le point de craquer à nouveau, mais elle ne pleura pas. Elle se contenta de partir.

Quand la porte battante se referma, je restai une seconde sans bouger. Puis, j'entrai dans la cabine des Toilettes de la Honte.

Alice la meurtrière a couché avec le Père Noël. Joyeux Noël HO HO HO !

Je m'assis sur la lunette, les jambes contre ma poitrine, avant de poser la tête sur mes genoux. Je pleurai plus fort que jamais et ça me fit un bien fou. Je pleurai jusqu'à ce que de la morve coule de mon nez jusque dans ma bouche. Je sanglotai encore et encore. À travers la porte, quelqu'un, dont je ne reconnus pas la voix, vint me demander si tout allait bien. Je ne répondis pas. Je n'essayai même pas de m'arrêter. Je continuai juste de pleurer.

Au bout d'un moment, quand je pris conscience que la personne allait peut-être alerter un prof, je me calmai et sortis pour me passer de l'eau sur le visage. Une fois dans le couloir, j'empruntai une porte sur le côté du bâtiment et rentrai chez moi. C'est trop facile de sécher les cours à Healy High. Je suis sûre que mon prof de chimie ne s'était même pas rendu compte de mon absence. J'avais juste envie de rentrer. Je n'avais ni mon sac ni mon manteau (je les avais laissés dans mon casier), mais je m'en moquais. La seule chose qui m'importait, c'était de quitter ce bâtiment le plus vite possible.

Je crois que le bébé était un garçon. Je ne sais pas pourquoi. C'est une impression que j'ai. Je n'ai aucune raison de le penser. Peut-être que j'avais envie que ce soit le cas, tout simplement.

Si je retombe enceinte un jour, j'espère que ce sera un garçon. Je dirais bien que je prierai pour que ce soit un garçon, mais je ne suis pas sûre que Dieu m'écoute. Même si ça me fait peur de l'avouer, je ne sais même pas si Dieu existe.

Si j'ai une fille, je m'occuperai bien d'elle. Je le promets.

Je n'entrerai jamais dans sa chambre sans frapper.

Je ne lirai jamais son courrier sans lui demander la permission.

Je ne simulerai aucune émotion devant elle.

Je lui dirai qu'elle est spéciale parce qu'elle est elle-même, tout simplement.

Je n'agirai pas comme si j'étais parfaite.

Je ne lui ferai pas peur. Et je ne la laisserai pas avoir peur de moi.

Je ne lui ferai pas croire que j'ai réponse à tout.

Je ne lui mentirai pas.

Et si elle se sent mal, si elle souffre de solitude, si elle a peur ou si elle traverse une épreuve difficile, je ne la laisserai jamais s'enfermer dans sa chambre toute seule. Non, je me glisserai dans son lit et je la serrerai contre moi. Je la laisserai pleurer, et pleurer, tant qu'elle le voudra et j'enfouirai son visage dans mon cou où elle pourra sangloter contre moi. Je ne lui promettrai pas que ça s'arrangera et je ne lui demanderai pas d'arrêter de pleurer. Je la laisserai pleurer jusqu'à ce qu'elle se calme. Jusqu'à ce qu'elle se calme… Jusqu'à ce qu'elle se calme…

KURT

Quand j'arrivai chez elle, ce soir-là, au début du printemps, Alice m'ouvrit la porte avec un grand sourire aux lèvres.

— J'ai une surprise pour toi ! s'exclama-t-elle.

Si seulement j'avais été capable d'émettre une repartie intelligente ! Malheureusement, en la suivant dans la cuisine, tout ce que je réussis à articuler fut :

— C'est quoi ?

— Regarde ! dit-elle en sortant un contrôle de maths de son classeur. (Elle exultait de joie.) 17 ! Je n'arrive pas à y croire, tu te rends compte ?

Près de la note entourée en rouge, monsieur Commons avait écrit « Beaucoup de progrès ! » et l'avait souligné.

Moi, j'étais ravi et inquiet à la fois. Inquiet, parce que ce 17 signifiait qu'Alice ne me demanderait probablement plus mon aide en mathématiques. Fini nos deux rendez-vous par semaine. Fini les soirées où je pouvais me délecter de son visage, de ses yeux, de son sourire, de la façon dont elle tenait son stylo et mordait sa lèvre inférieure en travaillant, ou de son expression de contentement lorsqu'elle réussissait un exercice.

Fini nos conversations. Et depuis le jour où nous avions déjeuné chez moi, elles s'étaient de plus en plus souvent éloignées des constantes et des variables pour pénétrer dans de nouveaux territoires. Nos familles. Les choses qu'on aimait, qu'on détestait. Nos préférences. Nos drôles d'habitudes.

Je sais, par exemple, qu'Alice retient sa respiration quand elle traverse le cimetière pour rentrer chez elle, alors qu'elle a conscience que sa peur est irrationnelle. Et Alice, elle, sait que l'ascenseur me rend claustrophobe. (« Heureusement qu'on n'en a que deux à Healy », m'a-t-elle dit en riant.) Et je sais, par exemple, que sa mère fréquente un homme qui habite à Clayton et que, de temps en temps, elle laisse Alice seule pendant une semaine. (« Une fois, elle a oublié de payer la facture d'électricité et j'ai dû me préparer pour aller à l'école dans le noir. Non, mais tu y crois, toi ? » m'a-t-elle confié d'un air désinvolte, comme si elle avait l'habitude de ce genre de mésaventures.) Et Alice sait que quand j'étais petit, j'imaginais que notre jeune et jolie maîtresse, mademoiselle Sweeney, prenait la place de ma mère. Lorsque je le lui racontai, Alice me sourit.

— Tu sais quoi ? j'y ai pensé moi aussi, admit-elle.

À présent, tous ces échanges allaient s'arrêter. Et tout ça à cause d'un merveilleux, mais terrible 17.

Je suppose que mon expression trahissait ma tristesse car tout enthousiasme quitta le visage d'Alice, son doux visage, et se transforma en perplexité.

— Oh, murmura-t-elle. Tu… Tu crois que, enfin… que j'aurais dû avoir 20 ? (Elle sourit.) Kurt, ta foi en moi me fait plaisir, mais allez : j'ai eu un 17 ! Tu peux être content. On a travaillé dur.

— Je le suis, Alice, répondis-je. Je suis vraiment heureux pour toi. Mais je…

Je pris une grande inspiration. Je pouvais dire à Alice ce que je ressentais. J'en étais capable.

— Je crois simplement que j'ai peur que tu n'aies plus besoin de mon aide.

Alice s'assit à la table de la cuisine et je l'imitai. Elle jeta un coup d'œil au 17 avant de relever la tête vers moi.

— Mais je ne, enfin… Je ne te paie pas. Alors pourquoi est-ce que tu…

Elle s'interrompit et ses joues s'empourprèrent un petit peu. Alice avait compris qu'elle me plaisait. Elle savait et elle savait que je savais qu'elle savait. À l'automne déjà, quand elle m'avait demandé si je voulais l'aider en maths pour coucher avec elle, elle avait dû le sentir.

N'avait-elle pas compris au fil du temps que je ne pensais pas uniquement au sexe ? (Toutefois, je serais bien hypocrite si je n'avouais pas que je rêvais à intervalles réguliers de tels actes dans l'intimité de ma chambre.) N'avait-elle pas compris que je l'aimais beaucoup, *elle*, Alice ? Pas celle de mes rêves, mais une Alice bien réelle qui respirait, parlait, marchait, retenait sa respiration en passant près des cimetières, mangeait des croque-monsieur et avait réussi à survivre à une mise à l'écart totale et complète de tous ceux qu'elle avait considérés comme ses amis tout en continuant à se rendre à l'école tous les jours.

C'était cette Alice qui me plaisait. Et j'aimais être son ami.

Elle ne fit rien pour m'humilier. Elle ne me demanda pas d'élaborer. Elle se contenta de rester assise là, le rouge aux joues et son 17 à la main.

— Alice, je sais que je ne suis pas… Je veux dire que je ne suis pas le genre de…

Impossible de trouver mes mots. J'avais le QI d'un génie et pourtant, j'étais incapable de m'exprimer correctement.

Alice, si. Elle tendit sa main de petite fille par-dessus la table de la cuisine et la posa sur mon bras. La chaleur de son contact me réchauffa tout entier, de mes orteils aux racines de mes cheveux.

— Ne t'en fais pas, Kurt. Il faut que tu saches que je ne sais pas ce que j'aurais fait sans toi, cette année. Et je ne parle pas seulement des maths. Ce que je veux dire, c'est que tu es la seule personne qui a accepté de me parler au lycée. Tu as été mon ami, Kurt. Tu l'es toujours. Et je n'en ai pas d'autres que toi. Pas un seul. Je ne sais pas si tu as conscience de ce que ça fait, dit-elle.

En parlant, sa voix s'était un peu brisée.

— Si, répondis-je. Je sais exactement ce que ça fait.

Alice eut alors l'air honteuse, comme si elle s'en voulait de ne pas avoir anticipé ma réponse. Les joues encore plus rouges, elle baissa la tête.

— Bien sûr, fit-elle. Excuse-moi. Je suis nulle. Mince, tu te rends compte qu'avant toute cette histoire, je ne t'aurais même pas adressé la parole ?

— Ce n'est pas vrai, lui assurai-je. Je t'ai aidée avec ton devoir de géométrie, une fois, à la bibliothèque. Tu as été très gentille avec moi.

Alice me lâcha la main et essuya ses larmes qui commençaient à couler.

— Oh oui, j'ai été gentille, mais je voulais juste… (Elle hésita.) Je te voyais comme un intello un peu bizarre. Un intello qui pouvait m'être utile à un moment donné. Sinon, je n'aurais sûrement pas été gentille avec toi. Je suis désolée, mais c'est la vérité. Tu peux me détester, maintenant.

C'était vrai et l'entendre de sa bouche faisait mal. Pourtant, je ne la détestais pas. J'en étais incapable. J'en suis incapable.

— Je ne crois pas que quelqu'un comme Elaine O'Dea se serait montrée aimable avec moi, contrai-je. Même pour se servir de moi. Tu dois te douter que de toute façon, je t'aurais quand même aidé avec ta géométrie. Et le fait d'avoir été gentille avec moi alors que tu n'avais pas de raison de l'être… ça veut bien dire quelque chose, non ?

Les pleurs d'Alice se calmèrent. Elle me sourit.

— Tu es vraiment adorable, Kurt. Mais je ne suis pas une sainte, tu sais ? J'ai fait des tas de choses stupides dans ma vie.

— Je sais, lui dis-je. Mais ce n'est pas comme si mes intentions étaient tout à fait pures non plus.

— Qu'est-ce que tu veux dire ?

Je regardai mes pieds et déglutis avant de répondre.

— Hé bien… J'avais vraiment envie de t'aider en maths, mais je ne pense pas que je te l'aurais proposé si je ne t'avais pas trouvée jolie.

Pendant un moment incroyablement long, Alice demeura silencieuse. Puis, elle me demanda :

— Donc… si je m'étais fait attaquer par un puma et que je m'étais retrouvée défigurée, genre avec le visage en lambeaux, tu ne m'aurais pas aidée ?

Je crois qu'elle essayait de ne pas rire.

— Honnêtement ? demandai-je en essayant de rassembler mon courage pour la regarder dans les yeux. Au début, non. Je ne t'aurais pas aidée. Mais maintenant, tu pourrais te faire déchiqueter par vingt pumas. Je continuerais de vouloir être ton ami. Tu es quelqu'un de bien, Alice. Tu n'es pas qu'un joli visage.

Le sourire d'Alice s'élargit. C'était son sourire qui laissait voir ses incisives.

— Bon, alors je suppose qu'on a tous les deux… évolué ou je ne sais quoi.

Elle rit avant de se lever et de s'étirer de tout son long. Elle respira profondément.

— Désolée, mais avec ce genre de conversation, on a besoin de bière dégueulasse.

J'acquiesçai d'un signe de la tête et acceptai la cannette qu'Alice avait sortie du réfrigérateur pour moi. Elle ouvrit la sienne et but une gorgée.

— Je suis tellement contente que tu veuilles être mon ami, dit-elle en riant. Alors que je me suis fait avorter sept fois, que j'ai couché avec le proviseur et que j'ai conspiré avec des tueurs à gages de la mafia pour assassiner Brandon Fitzsimmons avant de l'achever avec des sextos…

Elle leva les yeux au ciel. C'était la première fois qu'elle prononçait son nom à voix haute devant moi.

Alors, tout à coup, je compris que l'heure était venue. C'était maintenant ou jamais.

— Alice, au sujet de Brandon Fitzsimmons, commençai-je. (Je pris une gorgée pour ne pas perdre mon courage.) Il y a quelque chose que je veux te dire depuis un certain temps. Quelqu'un chose que tu aimerais sans doute savoir.

Josh

C'était notre pire saison depuis très longtemps. On a été mauvais. On a remporté le premier match contre Dominion, sans doute parce qu'ils nous avaient laissés gagner à cause de Brandon. Je n'en sais rien. Mais après ça, on les a tous perdus, à part celui contre Pikesville, mais je ne crois pas que ça compte parce que cette ville est tellement petite qu'ils ont à peine assez de mecs pour former une équipe.

Dans les vestiaires, Hendricks a toujours tout ramené à Brandon. Du moins, au début de la saison, quand on avait encore une chance. Il disait des trucs du genre : « Brandon aurait voulu qu'on y aille et qu'on mette le paquet ! » ou « On va gagner pour Brandon ! » N'importe quoi. Ça me fout en rogne. Hendricks voulait qu'on gagne, c'est tout. La seule chose qui l'attristait, c'était d'avoir perdu le meilleur quarterback de Healy depuis des siècles. Il n'en avait rien à faire de Brandon. Sa façon d'en parler m'insupportait. Et si

Brandon nous regardait de là-haut, ça devait sacrément l'énerver, lui aussi.

J'aimerais bien croire au paradis. J'y pense à chaque fois que le révérend Simmons en parle pendant son sermon. J'aimerais croire que je reverrai Brandon un jour, qu'une fois au ciel, on se fera des passes toute la journée, en buvant des bières gratos et en profitant, tout simplement. Je suppose que pendant longtemps, j'ai eu mon propre paradis sur Terre. Avec Brandon.

Pourtant, si vous voulez tout savoir, au fond de moi, je sens que le paradis n'existe pas. Mon instinct me dit que ce n'est pas logique. Pourquoi est-ce qu'il y aurait un paradis pour moi, mais pas pour les mouches et les écureuils que j'écrase ? Mais c'est très déstabilisant de se dire qu'après la mort, il n'y a plus rien, que c'est terminé. Alors quand cette idée me passe par la tête, j'essaie de la repousser le plus loin possible.

En général, j'essaie de ne pas y penser du tout.

La vérité, c'est que, même si le paradis existe, je ne suis pas certain d'y avoir ma place. Il y a un autre sujet que je préfère occulter : ce qui s'est passé le lendemain du premier match de la saison, le jour de l'accident. Je n'en ai parlé à personne et c'est bizarre de me dire que je ne le ferai jamais.

On buvait des bières sur le toit de Brandon, un remède à la gueule de bois comme un autre, et je descendais les cannettes deux fois plus vite que lui. Brandon avait bu trois, peut-être quatre bières. Du coup, quand sa mère lui a demandé d'aller acheter des couches pour sa petite sœur au supermarché, il était déjà bien bourré. C'est pour ça que les flics ont cru que l'alcool avait été la cause de l'accident. Mais j'avais vu Brandon conduire dans des états bien pires. Il conduisait tout le temps bourré. C'est normal, à Healy. Il faisait chaud dehors et à l'intérieur du pick-up, au moins cinquante degrés. Brandon retira son tee-shirt en entrant et baissa les vitres à la main.

— La clim est encore cassée.

À cause de la bière, j'étais complètement à côté de la plaque. J'avais bloqué sur le torse de Brandon. C'est bizarre parce que je l'avais vu des centaines de fois. Dans les vestiaires. Quand il dormait chez moi. Quand on allait à la piscine. Je jetai un dernier coup d'œil dans sa direction avant de monter en voiture. Je me promis d'arrêter de le reluquer.

J'avais pas mal bu, je me sentais bien, et ça peut paraître bête à dire maintenant, mais pendant qu'on démarrait, la seule chose à laquelle je pensais, c'était qu'on avait gagné le match et que tout le monde nous aimait et pensait qu'on était géniaux. J'avais l'impression que le simple fait d'être « nous » me montait à la tête. Moi et Brandon. Brandon et moi.

— On est les rois de cette ville, mon pote, dis-je pendant que Brandon accélérait.

Les arbres n'étaient plus que des masses vertes, les voitures, des flashs de couleurs. Camion rouge. Voiture bleue. Van blanc. L'air s'engouffrait si fort par les fenêtres qu'on aurait dit qu'il nous entaillait le visage. Mais ça faisait du bien.

— Ah ça ouais, on est les rois de la ville, acquiesça Brandon.

Ça me faisait plaisir qu'on ne soit que tous les deux car même si j'étais son meilleur ami, il était toujours très entouré. Je crois que ce que je veux dire, c'est que j'aimais l'avoir rien qu'à moi. Comme à ce moment-là, dans son pick-up. C'était parfait.

Malheureusement, ça n'a pas duré. Brandon a sorti son portable.

— Je crois que ce roi a besoin d'une reine, dit-il.

Son regard allait et venait entre l'écran et la route.

— Non, mais ça ne va pas ! hurlai-je pour qu'il m'entende malgré le vent qui s'engouffrait à travers les fenêtres.

— J'ai besoin de baiser, cria Brandon en riant. Bon, il est où le numéro de cette putain d'Alice ?

Je me tournai vers la fenêtre. Des masses de verdure. Des maisons roses. Le bourdonnement du moteur qui accélérait de plus en plus. Je n'avais pas envie que Brandon envoie des messages à Alice Franklin. Je n'avais pas envie qu'il envoie des messages à des filles, tout court. Je voulais qu'on reste rien que tous les deux. Je sais que ça peut paraître stupide, mais j'étais jaloux. Comme si Alice était assise dans le pick-up avec nous. Comme si toutes les filles qui aimaient Brandon, c'est-à-dire toutes les filles de Healy en fait, étaient là. Et à ce moment précis, je ne les voulais pas autour de nous.

— Cette pauvre Alice a l'air de se sentir seule, en ce moment, tu ne trouves pas ? demanda Brandon. Elle meurt sûrement d'envie qu'on lui montre un peu d'attention…

Son regard sautait toujours entre la County Road 181 et son portable.

— Je crois que c'est à cause de ce que racontent les gens à propos de la soirée d'Elaine. Ils pourraient laisser cette pauvre fille tranquille quand même ! Tu ne trouves pas ?

Il sourit.

Je repensai à cette fête. À Alice, assise sur les genoux de Brandon, qui était montée à l'étage pour coucher avec lui. Alors, vous savez ce que j'ai fait ? Je lui ai arraché le portable des mains.

— Qu'est-ce que tu fous ? s'écria Brandon en se tournant vers moi.

Si je suis tout à fait franc, la dernière chose dont je me souviens avant l'accident, c'est l'expression qu'avait Brandon sur le visage quand je lui ai pris son téléphone. Je savais qu'il était en colère après moi, alors que ça ne lui arrivait jamais. C'était une première.

Puis, Brandon s'est rappelé qu'il était censé conduire. Il s'est tourné vers la route et tout de suite après, j'ai entendu le crissement des freins.

Quand madame Fitzsimmons est venue me voir à la maison après l'enterrement, je ne pensais pas que ce que j'ai dit à propos d'Alice se répandrait de cette façon. Elle n'arrêtait pas de me souler pour que je lui raconte tous les détails de l'accident et tout mettre sur le dos d'Alice m'a paru être la meilleure solution. Je voulais simplement me débarrasser d'elle et la vérité, c'est que, sur le moment, ça m'a aidé à apaiser mon sentiment de culpabilité. Brandon était bourré et peut-être que c'est pour ça, au final, qu'il a perdu le contrôle. Les jours où je vais bien, je me dis que, oui, c'est forcément ça. Rien à voir avec moi. Mais quand j'ai le moral dans les chaussettes, c'est-à-dire, soyons francs, quatre-vingt-dix pour cent du temps… je me dis que

Brandon est mort par ma faute. Si je ne lui avais pas arraché le portable, il serait sans doute toujours en vie. En ce moment même, on serait sur son toit, à boire des bières et à s'imaginer gagner le championnat en terminale. Mais je ne peux pas en être certain et le pire dans tout ça, c'est que je ne le saurai jamais.

La seule chose dont je suis sûr, c'est qu'Alice Franklin n'a jamais envoyé de message à Brandon Fitzsimmons. Pas une seule fois.

L'automne dernier, Alice a commencé à traîner avec cet intello tout maigre qui vit à côté de la famille Fitzsimmons, Kurt Morelli. Brandon a toujours aimé l'emmerder, mais Kurt ne le prenait pas mal. On aurait dit que ça ne le dérangeait pas. Il a toujours été un mec à part et, dans un sens, j'ai toujours admiré le fait qu'il se moque d'avoir des amis, comme s'il se suffisait à lui-même. Le plus drôle, c'est qu'on jouait tous ensemble en primaire, avant de décider qui était populaire et qui ne l'était pas. Je me souviens qu'une fois, en CE1 ou en CE2, Kurt est venu chez Brandon et on a fait tomber des ballons remplis d'eau du toit. Quand sa mère s'en est rendu compte, elle a failli avoir une attaque. Kurt était déjà tellement intelligent qu'il a essayé de lui démontrer que le toit n'était pas dangereux en lui expliquant une connerie à propos de la structure. Une histoire de physique. Je ne sais plus trop.

Bref. C'est bizarre de repenser à tout ça. À nous trois, ensemble. À cet âge-là, on appelait ça jouer. Genre : tu veux venir jouer chez moi ? Ça fait vraiment attardé. Et puis, tout s'est arrêté. Et maintenant Brandon est mort, Kurt traîne avec Alice Franklin et moi je ne parle à aucun d'entre eux. Qui sait ? Peut-être qu'ils deviendront amis ? Je l'espère en tout cas.

D'ailleurs, à ce propos, j'ai compris que Brandon avait vraiment été mon meilleur ami. Depuis l'accident, je me sens complètement vide. Les mecs de l'équipe sont sympas, je vais aux soirées, les filles me collent toujours autant, je continue de boire et de traîner sur le parking de Healy High la plupart des week-ends... Mais ce n'est plus pareil. Plus rien ne l'est sans Brandon. Il me manque tellement que j'utilise son casier. Il est plus proche de mes cours et je connais le code. De toute façon, le lycée ne l'a pas réattribué. Sa mère et son père l'ont vidé après l'accident, mais j'y suis passé avant, histoire d'arracher les photos de filles en bikini et les autres conneries qu'ils ne voulaient sans doute pas qu'on voie. Ce n'est pas comme s'il restait quoi que ce soit à lui dedans. Je crois que j'aime simplement l'idée de m'en servir. Je n'en sais rien. Des fois, j'ai l'impression de l'entendre arriver derrière moi et m'engueuler parce que c'est son casier. Une fois, je me suis même retourné, persuadé que j'allais le voir. Peut-être que je deviens dingue.

En attendant, je me lève chaque matin et je fais ce qu'on attend de moi. Je vais en cours. Je me tape des 12. Je mange à la cantine. Je ris aux blagues stupides des autres mecs. Je rentre. Je fais la conversation à mes parents. Je vais à l'église. Je demande à Dieu de me pardonner, de s'occuper de tout et de protéger tout le monde.

La vie n'est pas la même sans Brandon. Je ne m'amuse plus autant. Je sais que je ne suis pas Einstein, mais je ne suis pas non plus débile : j'ai conscience qu'il pouvait être un connard, parfois. Mais il pouvait se le permettre. Il pouvait être le pire des salopards sans que personne ne lui fasse la moindre réflexion. Du coup, il s'en prenait aux gens comme Kurt Morelli et les profs ne le punissaient pas. Il pouvait baiser Alice Franklin avec Tommy Cray sans que personne ne le critique. La seule qu'on insultait, c'était Alice. Ne croyez pas que je trouvais ça normal. Je savais très bien que ça ne l'était pas.

Mais Brandon ne se limitait pas à cette partie de sa personnalité. Il pouvait aussi être très gentil et c'était un véritable ami. Il se montrait toujours super sympa avec mon frère quand il venait à la maison. Il jouait à des jeux vidéo avec lui et il le laissait gagner pour lui faire plaisir. Il ne m'a jamais fait me sentir mal à propos de quoi que ce soit. Même quand je ne couchais avec aucune fille. Ou quand j'étais long à la détente. Il ne m'en a pas voulu non plus quand je n'ai pas intercepté sa passe en seconde et qu'à cause de ça, on a perdu le match contre Clayton.

C'était notre première année dans l'équipe. Les anciens n'étaient pas contents que les deux petits nouveaux soient quarterback et ailier, alors qu'on l'avait mérité et qu'ils le savaient. Je pense toujours à ce match. L'équipe adverse menait de trois points et il ne restait que dix secondes de jeu. Brandon a été obligé de faire une passe longue et dans la mêlée, il m'a regardé dans les yeux. C'était notre dernière chance. Il savait que je savais à quoi il pensait.

On s'était tellement entraînés aux passes que j'aurais pu les attraper les yeux fermés. Littéralement. J'en rêvais des fois.

Cette nuit-là, juste avant l'instant décisif, je n'entendais plus rien. Pendant que je me préparais à courir, il n'y avait que moi, l'odeur de la pelouse et les battements de mon cœur.

C'était une spirale magnifique. Une passe parfaite de la part de Brandon. Comme toutes celles dans mon jardin, dans le sien, ou sur le terrain après l'entraînement.

Et je l'ai ratée.

Je ne sais pas pourquoi. Aujourd'hui encore, je serais bien incapable de l'expliquer. Mais je l'ai fait. J'ai atterri en dehors du terrain et la balle est tombée à côté de moi. Je l'ai quand même ramassée. Comme si ça pouvait arranger les choses. Je l'ai ramassée comme un abruti.

Les gens n'ont pas arrêté de m'emmerder avec ça pendant des semaines. Le match suivant, je suis resté sur le banc. Même mon père m'en a fait voir de toutes les couleurs.

Mais pas Brandon. Pas une seule fois.

— Ça arrive à tout le monde, mon pote, m'avait-il dit ce soir-là, dans les vestiaires, après que des élèves de terminale m'avaient fait la morale et que Hendricks avait agi comme si je n'existais pas.

— Ça ne m'arrive pas à moi, rétorquai-je. Pas avec une passe comme la tienne. C'était une balle parfaite et je l'ai ratée. Putain !

Je donnai un coup de poing dans mon casier. J'étais tellement en colère que je ne ressentis même pas la douleur.

Brandon posa la main sur mon épaule. J'avais retiré mes épaulières et j'étais torse nu. Comme après chaque match, mon corps me faisait souffrir, mais je me souviens encore de la sensation des doigts de Brandon sur mon épaule. Un poids rassurant. Une petite étreinte.

— Écoute, mon pote, ça ne veut rien dire. Ne les laisse pas t'atteindre, me murmura-t-il à l'oreille. Toi et moi, on va emmener cette équipe au championnat avant notre année de terminale. Je ne plaisante pas. On va y arriver et tu le sais. Maintenant, oublie ça.

Bien sûr, on n'a jamais pu le faire. Emmener l'équipe au championnat, je veux dire… mais c'est ce moment que j'essaie de me remémorer quand je pense à Brandon Fitzsimmons. Pas ces derniers instants ridicules dans son pick-up, ni mes mensonges à propos d'Alice. J'essaie de me souvenir de son souffle contre mon oreille. Alors, oui, il pouvait se comporter comme un connard, des fois, je l'admets. Mais c'était aussi un vrai ami. Mon meilleur ami. Et je regrette qu'il ne soit plus là. Je donnerais tout pour qu'il revienne.

KURT

Tandis que je racontais à Alice ce qui s'était passé avec Brandon il y a des mois, je voyais bien qu'elle réagissait mal. Le moment de complicité que nous venions de partager était en train de se dissiper. Preuve numéro un : elle n'arrêtait pas de froncer les sourcils. Preuve numéro deux : elle avait vidé sa cannette et était allée en chercher une autre avant même la moitié de mon histoire. Enfin, quand je terminai de lui expliquer, avec des mots concis et mal assurés, le fait que Brandon m'avait avoué que ce qui s'était passé à la soirée d'Elaine était un mensonge et que j'avais été au courant dès le début de notre jeune amitié, Alice exhala doucement et murmura, comme si elle était sur le point de rire à une mauvaise blague :

— Tu rigoles, j'espère ?

Je ne répondis pas. La gorge sèche, je me contentai de secouer la tête. C'était terminé. Je le savais.

— Waouh, fit-elle d'un air blessé et énervé à la

fois. Est-ce qu'il y a une seule personne dans cette putain de ville à qui je peux faire confiance plus de cinq secondes ?

J'avais envie de lui dire qu'elle avait toujours pu compter sur moi et qu'elle le pourrait encore. Le fait qu'elle n'en soit pas consciente me blessait. À présent, c'était la perplexité qui régnait sur son visage. Elle arborait la même expression que lorsqu'elle résolvait un problème de maths. Elle fit glisser son pouce de haut en bas sur sa cannette, puis se décida enfin à parler.

— Donc, tu es en train de me dire que tu aurais pu, je ne sais pas, laver mon nom, mais que tu n'as rien…

Elle s'interrompit et détourna les yeux pour les poser sur la table de la cuisine.

— Je suppose que ça n'aurait rien changé, de toute façon.

On aurait dit qu'elle avait oublié que j'étais assis devant elle. Ses paroles étaient détachées. Presque glaciales.

— Alice, je n'ai jamais trouvé le bon moment pour t'en parler, c'est tout, expliquai-je, surpris d'avoir le courage de prendre ma défense.

Quelque part, j'étais même frustré d'avoir à le faire, frustré qu'elle ne comprenne pas ma position.

— Je voulais te le dire, mais en même temps, on se connaissait à peine quand j'ai commencé à t'aider. Et quand on s'est rapprochés, je ne savais pas comment aborder le sujet. J'ai failli le faire le soir où je t'ai offert ton cadeau de Noël. Le jour où tu es venue manger des croque-monsieur chez moi. Et à peu près une dizaine d'autres fois.

— Et tu ne l'as pas fait, parce que… ?

Sa voix était presque un murmure.

— Parce que plus je restais silencieux, plus je me sentais stupide de n'avoir jamais rien dit, répondis-je. Et puis, j'avais peur que ce genre de chose se produise.

Aux mots « ce genre de chose », je désignai l'espace qui nous séparait. Il semblait s'élargir de minute en minute.

— Hé bien, on dirait que ça s'est quand même produit, dit Alice.

En voyant ses yeux briller de larmes, je sentis mes entrailles se déchirer. Mon cœur se briser.

— Alice, si tu veux, je le dirai à tout le monde. Je le posterai en ligne. Je mettrai des annonces dans le journal. Je collerai des affiches devant le lycée.

— Et qu'est-ce que tu comptes écrire ? « Alice Franklin n'est pas une salope » ?

Elle ferma les paupières pour éviter de pleurer. Quand elle les rouvrit, elle me regarda droit dans les yeux. Alors, sur un ton qu'elle n'avait plus utilisé depuis bien longtemps, elle me dit :

— De toute façon, qui te croirait, *toi* ?

Elle souffla avec dédain et croisa les bras. Puis, elle rit légèrement. Un rire moqueur et blessant.

C'est ce qui me fit le plus mal.

Je tentai d'ignorer la douleur, et l'implication évidente de ce « toi », mais j'en étais incapable. J'essayai de me dire que les paroles d'Alice étaient dues à sa peine… en vain. J'aurais voulu passer outre mes propres sentiments, mais je ne le pouvais pas.

Parce que pour la première fois depuis que je connaissais Alice, elle me faisait ressentir quelque chose que je n'avais jamais ressenti.

J'avais l'impression qu'elle s'était servi de moi.

— Comment est-ce que tu peux me dire ça ? m'entendis-je lui demander d'une voix tremblante. Comment ? Comment peux-tu douter que je m'en veux de ne rien t'avoir dit ? Que je ferais n'importe quoi pour toi ? Après tout ce temps ? Après tout ce qui s'est passé ?

Alice restait assise à la table de la cuisine en Formica jaune ébréchée avec ses deux cannettes de bière devant elle. Elle refusait de me regarder, comme si je n'existais pas. Elle se contenta de lever les yeux au ciel.

J'attrapai mon sac et mes clés de voiture.

— Alice, lui dis-je en prenant une grande inspiration. Je sais que tu as conscience, plus que n'importe qui, que la vie est injuste. Que la vie peut se montrer cruelle voire arbitraire. Alors pourquoi est-ce que tu ne vois pas la façon dont tu me traites ? Pourquoi est-ce que tu ne vois pas à quel point tu es injuste ?

— Et toi, pourquoi est-ce que tu ne te barres pas une bonne fois pour toutes ? me demanda-t-elle d'une voix cassante.

— J'étais en train de m'en aller, rétorquai-je.

Et c'est ce que je fis.

Elaine

Misty me coiffe depuis le CM2 et depuis tout ce temps, elle ne m'a ratée qu'une seule fois. En plus, c'était ma faute parce que je lui avais demandé de me faire une frange alors que ça ne me va pas du tout. Bref. Ce qu'il faut retenir, c'est que Misty s'occupe de mes cheveux depuis que j'ai compris qu'il fallait que je prenne soin de moi. Du coup, pour le bal de fin d'année, j'ai pris rendez-vous en avance pour être sûre d'avoir une place. Malgré tout, je savais que j'allais devoir patienter. Misty a toujours une demi-heure de retard.

Par contre, je ne m'attendais pas du tout à tomber sur Alice Franklin dans la salle d'attente qui feuilletait un vieux numéro de *Teen Vogue*.

Je ne sais pas pourquoi. Après tout, Alice a toujours des cheveux. Il faut bien qu'elle se les fasse couper… mais c'était super gênant pour moi de me retrouver face à elle.

Au son de la cloche, elle releva la tête un instant avant de reporter vite fait son attention sur le magazine, comme si elle ne m'avait pas remarquée. Pourtant, ses joues s'étaient empourprées et elle avait cet air qu'ont les gens quand ils font semblant de lire. Dans la pièce voisine, Misty bavardait avec une cliente. Il n'y avait personne à l'accueil. J'étais seule avec Alice. J'attrapai un exemplaire de *Cosmo* et le feuilletai.

Au bout de deux minutes, je ne pouvais déjà plus supporter le silence. Je ne sais pas pourquoi. Les produits chimiques me montaient peut-être à la tête. Ou peut-être avais-je déjà lu le *Cosmo* que je tenais dans les mains. Quoi qu'il en soit, je me retrouvai à parler à Alice Franklin, alors que je ne lui avais plus adressé la parole depuis ma fête, presque un an plus tôt.

— Tu avais rendez-vous à 13 heures ? lui demandai-je.

Alice leva les yeux de son *Teen Vogue*. À son expression, il était clair qu'elle était surprise que je m'adresse à elle. Pour être franche, je m'étonnais moi-même. Elle baissa de nouveau la tête et répondit :

— 12 h 30, tu veux dire.

— Quoi ? Tu plaisantes ?

— Non.

— C'est pas vrai !

Le silence retomba.

Je posai mon *Cosmo* et croisai les bras. Alice refusait de regarder dans ma direction.

— Qui est-ce qui prend aussi longtemps, au juste ? demandai-je.

Alice attendit une seconde avant de répondre.

— Madame Cooper.

— Oh mon Dieu, grognai-je. On en a pour la journée.

Madame Cooper était la secrétaire de Healy High. Elle essayait de nous faire croire qu'elle était une vraie rousse. Mytho.

Alice referma son magazine d'un geste brusque et me dévisagea.

— Pourquoi est-ce que tu me parles ?

Je haussai légèrement les épaules. J'étais Elaine O'Dea : je pouvais parler à n'importe qui, n'importe quand, sans être critiquée, mais ça, je ne comptais pas le lui dire.

— Dans quelques semaines, on passe en terminale, répondis-je. Je crois qu'on est un peu trop vieux pour ces conneries.

En prononçant cette phrase, je me rendis compte que je le pensais vraiment.

Alice leva les yeux au ciel et rit un peu, mais ce n'était pas un rire joyeux. Ça voulait plus dire « mais bien sûr ».

— Facile à dire pour toi, rétorqua-t-elle.

Elle n'avait pas tort et pendant une minute ou deux, je restai silencieuse. J'écoutai le tic-tac de l'horloge de Misty et son rire mêlé à celui de madame Cooper. J'observai le lino rose délavé sous mes sandales flambant neuves.

On allait rentrer en terminale. Alors... peut-être qu'elle avait envoyé des messages à Brandon pendant qu'il conduisait, mais personne ne l'avait obligé à répondre. Et peut-être qu'elle avait couché avec deux mecs en une soirée, mais Brandon avait sûrement sauté cinq fois plus de filles en un seul été. Et OK, elle l'avait embrassé dans le vestiaire pendant le bal de quatrième alors que Brandon et moi, on était de nouveau ensemble, mais il avait été consentant, lui aussi, non ? De toute façon, il y avait prescription.

— Alice...

J'attendis qu'elle me regarde dans les yeux avant de continuer.

— Écoute. Si tu as envie de venir à ma table à la cantine, tu sais, juste pour dire bonjour, ce serait peut-être un bon moyen de commencer à calmer les choses. Enfin, si ça te dit.

Elle me dévisageait d'un air impassible.

— Je veux dire... Je sais que tu traînes beaucoup avec Kurt Morelli et tout, continuai-je. (Au même moment, je m'aperçus que je ne les avais plus vus ensemble depuis plusieurs semaines.) Alors peut-être que ça ne t'intéresse pas... mais penses-y.

Alice continuait de me dévisager. Elle n'était pas en colère, je ne crois pas. Non, elle m'observait comme si elle n'arrivait pas à croire ce qu'elle entendait. Je suppose que si j'avais été à sa place, je n'y aurais pas cru non plus. Je retentai ma chance :

— Tu te fais coiffer pour aller au bal avec Kurt ?

Alice s'esclaffa de cette façon bien à elle que je n'avais pas entendue de toute l'année. Pourtant, quand elle s'arrêta pour me répondre, son ton était amer :

— Non. Je ne vais pas au bal avec Kurt Morelli, ni avec personne d'autre, d'ailleurs. Je ne traîne plus avec lui. Il est comme les autres.

Sa remarque me surprit. J'étais persuadée qu'elle se trompait sur toute la ligne. Kurt Morelli était différent.

C'était une évidence. Depuis qu'il avait emménagé ici, il n'avait pas cessé de le prouver.

— Oh, désolée. Je croyais que vous étiez amis.

— Et moi, je croyais que beaucoup de gens étaient mes amis, rétorqua Alice.

Son ton était dénué de rancœur. Elle s'était contentée d'énoncer un fait que l'on savait vrai toutes les deux. Contre toute attente, ses mots me firent réfléchir. Je repensai aux Toilettes de la Honte. Une partie de moi aurait voulu lui dire que je n'y avais laissé qu'une inscription, mais à ses yeux c'était sans doute déjà trop.

— Excuse-moi d'avoir parlé de Kurt, lui dis-je. Je pensais que vous aimiez traîner ensemble. Je sais qu'il est plutôt bizarre, mais tu ne peux pas dire qu'il nous ressemble. D'un, il est resté avec toi quand tous les autres sont partis et de l'extérieur, on aurait vraiment dit que vous vous entendiez bien. Et de deux, c'est un putain de génie. Il sait plus de trucs que les profs.

Alice détourna les yeux et les posa sur le sol.

— Ouais, hé bien, je suppose que j'ai le don de tout faire foirer. Peut-être qu'il était mon ami. Peut-être qu'il ne l'était pas. Je ne sais plus. On s'en fout.

— OK. Je disais ça comme ça.

Le silence retomba pendant quelques minutes. Cette fois, c'est Alice qui le brisa.

— Tu vas avec qui, au bal ?

— Jacob Saunders, répondis-je en haussant les épaules.

Jacob terminait le lycée cette année. C'était le capitaine de l'équipe de basket. Pour être tout à fait franche, il était aussi intéressant que mes pieds.

Misty choisit ce moment pour passer la tête par la porte et s'excuser de son retard… Est-ce que ça ne nous dérangeait pas d'attendre quelques petites secondes ?

Je levai les yeux au ciel en regardant Alice qui m'imita. Puis, elle ramassa son *Teen Vogue* et reprit sa lecture. Je suppose qu'elle avait terminé de discuter, alors j'attrapai un autre magazine et on resta ainsi en silence, jusqu'à ce que madame Cooper parte et que Misty appelle Alice.

Juste avant de disparaître derrière le bureau de l'accueil, Alice se tourna vers moi.

— Amuse-toi bien au bal.

— Merci, répondis-je.

Lui avoir parlé m'avait fait du bien et j'espérais qu'Alice m'en serait reconnaissante. Après tout, elle devait bien se douter que si j'étais sympa avec elle à la cantine, les autres le verraient comme le signe qu'il était temps d'arrêter les frais. Elle devait se douter que je possédais ce genre de pouvoir.

Mais la vérité, c'était que je savais qu'il y avait de grandes chances pour qu'Alice ne s'approche jamais de ma table le lundi suivant, ni tous les autres jours. Et je ne lui en aurais pas voulu si elle ne m'adressait plus jamais la parole, ni à personne d'autre dans cette ville.

Il y a des choses qui sont faciles à pardonner. Ton copain de quatrième qui embrasse une autre fille au bal en est une.

D'autres, en revanche, sont tout simplement impardonnables.

ALICE

L'endroit où je me rends est assez loin. C'est presque à l'autre bout de la ville. Et avec la chaleur, la route paraît encore plus longue. Au Texas, le printemps dure environ quinze jours. Du coup, en réalité, on est déjà en été… et qui dit été, dit chaleur démentielle. Il reste encore plusieurs semaines avant la fin des cours, mais on meurt déjà de chaud. Tous les ans, c'est la même chose. On dirait que les gens oublient d'une année sur l'autre. Ils pensent sans doute que s'ils sont bien sages, pour une fois, il ne fera pas quarante degrés.

Mais ça arrive tous les ans, qu'on le veuille ou non.

Je suppose que c'est une des raisons pour lesquelles j'ai décidé de faire ce trajet le soir. À cette heure, la chaleur est supportable. Il y a quelques moustiques, mais marcher dans les rues de Healy au coucher du soleil a un côté paisible. L'un des seuls avantages de vivre dans cette ville pourrie, c'est qu'elle est suffisamment petite pour qu'on puisse se déplacer à peu près n'importe où à pied.

Même quand il fait assez chaud pour faire fondre le goudron.

L'autre jour, j'ai marché jusqu'à Taille & Dye pour me faire couper les cheveux.

Sur le chemin, je suis passée devant Pizza Hut, le supermarché et l'école primaire. Comme d'habitude quand je me retrouve seule, je me suis mise à penser à ma mise à l'écart.

Aux rumeurs.

Aux saloperies qui ne cessent de s'ajouter sur le mur des toilettes, que je continue de lire alors que je sais que je devrais arrêter et que personne n'a pris la peine de nettoyer parce que le marqueur noir ne s'efface pas facilement. (Croyez-moi. J'ai essayé.)

Vous vous demandez à quel point ça m'a blessée ?

La vérité, c'est que j'ai l'impression que mon cœur a été coupé avec une feuille de papier des millions de fois.

Tout cela s'est fait lentement. Il n'y a pas eu un retournement de situation du jour au lendemain. Ça a été progressif.

Et c'est ce qui rend la chose encore plus douloureuse. Au départ, j'ai même cru que je me faisais des idées.

« Désolée Alice, j'ai oublié de te garder une place. »

« Désolée Alice, je n'ai pas reçu ton message. Mon portable ne marche pas. »

« Non, rien, Alice. On rit à une blague débile, c'est tout. »

Vous savez maintenant que je ne me faisais pas d'idées.

Il fallait que ce soit progressif. Pour que les gens s'y habituent. Pour que ça devienne facile pour eux de me traiter comme de la merde. Pour que ma meilleure amie ne se sente pas coupable de me laisser tomber et de raconter à tout le monde que je m'étais fait avorter. Pour qu'ils puissent créer les Toilettes de la Honte et s'en amuser.

Pour que, au fil du temps, je perde mon humanité à leurs yeux.

Je suis incapable de parler de tout ça trop longtemps. Ça me fait encore trop mal. Dans tous les cas, s'il y a une chose que j'ai apprise, c'est celle-ci : les gens ne deviennent pas méchants et vicieux du jour au lendemain. Ce n'est pas dans la nature humaine.

Mais laissez-leur un temps d'adaptation et ils sont capables du pire.

Aujourd'hui, le chemin que j'emprunte est différent. Je dépasse le parc où l'on pique-nique en famille le week-end et où les jeunes viennent parfois fumer du shit, une pub pour du papier toilette éclairée par des spots, la première église méthodiste de Healy, St Helen, le temple luthérien, et l'église baptiste du calvaire où un panneau dit : « Vous trouvez qu'il fait chaud ici ? »

C'est le même message tous les ans au mois de mai. Ça ne rate jamais.

J'ai mal aux jambes et de la sueur me coule dans le cou. Je suis contente d'avoir les cheveux courts. Le quartier dans lequel je m'engage renferme les plus anciennes maisons de Healy, de grandes bâtisses à étages avec un porche qui fait tout le tour et d'immenses jardins. Elles sont vieilles et difficiles à entretenir, je pense. Ce n'est pas comme si c'était un quartier riche. Pour être franche, je ne crois pas que Healy ait des habitants vraiment fortunés. Qui, s'il avait des tonnes de fric, choisirait de vivre ici ? Mais si je devais choisir mon quartier préféré dans cette petite ville pathétique, ce serait celui-ci.

Et pas seulement à cause des maisons. Non. À cause de ses habitants.

En montant les marches du perron, je regarde l'heure sur mon téléphone. J'ai encore une minute à attendre. Mon cœur se met à battre la mesure d'une mélodie chargée de nervosité et d'appréhension.

Enfin, je prends une grande inspiration et frappe. J'ai déjà décidé que je compterai jusqu'à cent avant de partir. J'en suis à douze quand la porte s'ouvre en grand.

Sur Kurt Morelli.

— Salut Alice, dit-il.

Quand il voit que je souris, il sourit à son tour.

<u>Les choses que j'ai remarquées à propos de Kurt Morelli après qu'il a commencé à m'aider avec mes devoirs :</u>

— On fait à peu près la même taille, mais il ne m'a pas regardée une seule fois dans les yeux pendant le premier mois. Je le rendais trop nerveux.

— Dès le début, j'ai senti que je lui plaisais : depuis le mot qu'il a laissé dans mon casier, que, soit dit en passant, j'ai failli ne pas ouvrir parce que je pensais que c'étaient encore des insultes avec un dessin de moi dégueulasse. (Ça m'est arrivé plusieurs fois.) En lisant ce mot, j'ai compris que je lui plaisais, mais je savais aussi qu'il ne tenterait rien. Du moins, c'est ce que je croyais au début. Et, de toute façon, j'avais besoin d'aide en maths. Puis, le premier soir, je me suis dit qu'il pensait peut-être que j'étais une fille tellement facile que j'accepterais de coucher avec lui en échange de son aide. Après tout, personne ne se battait pour se taper Kurt Morelli. En revoyant son visage quand je l'ai accusé, je ne peux pas m'empêcher de sourire. Au moment où les mots « coucher avec moi » ont franchi mes lèvres, j'ai eu l'impression qu'il allait s'évanouir sous la table de la cuisine. Après ça, il m'a dit qu'il pensait juste que je méritais que quelqu'un soit gentil avec moi, et j'ai su que même si je lui plaisais, il ne tenterait rien. Et il ne l'a jamais fait.

— Il est tellement intelligent que ça en est ridicule. Vraiment ridicule. Je ne comprends pas le quart des mots qu'il utilise. Je le lui ai dit une fois et il m'a souri en me disant que c'était parce qu'il lisait trop. « Est-ce qu'on peut trop lire ? » lui ai-je demandé. « Non, je suppose que non », m'a-t-il répondu en rougissant encore. Parce qu'il n'y a pas que son intelligence qui est ridicule, il y a aussi la façon dont il rougit.

— Quand il mange, il mâche chaque bouchée sept fois, pas une de plus, pas une de moins. Je ne crois pas qu'il en ait conscience. Je l'ai remarqué quand je nous ai commandé une pizza et la fois où il m'a invitée à manger des croque-monsieur. C'est un peu bizarre, je vous l'accorde, mais ça a un côté rassurant.

— Il a un don pour choisir les cadeaux. Je me suis sentie stupide de ne pas savoir ce qu'était une première édition, mais quand il me l'a expliqué, le livre est devenu encore plus précieux à mes yeux. Il est posé sur ma table de chevet. Quand je passe une journée particulièrement merdique, je l'ouvre et je relis le message que Johnny a écrit à Ponyboy sur son lit de mort. Celui où il lui dit de « rester de l'or ».

— Tu veux t'asseoir ? me demande-t-il.

Je hoche la tête. On s'assoit sur la balancelle.

— Tu es tout seul ? je lui demande.

— Ma grand-mère est à l'église, répond-il. Service du mercredi soir.

Je souris.

— Bien sûr.

— Donc…, dit Kurt. J'ai eu ton message.

— Celui que j'ai glissé dans ton casier ?

Il hoche la tête.

— Je me demande où tu as eu une aussi bonne idée.

Il rit à sa propre blague. J'adore voir Kurt faire l'idiot. De l'extérieur, ça peut surprendre, mais quand on le connaît, c'est tout lui.

— Alors, tu l'as lu ?

— Oui, répond Kurt.

Je me demande s'il a retenu les mots que j'ai choisis avec le plus grand soin hier soir. Voici ce que disait mon message :

Cher Kurt. Très cher Kurt. Mon cher Kurt. J'aimerais que tu saches que rien de ce qui s'est passé n'a la moindre importance. J'aimerais que tu saches que je ne t'en veux pas de ne pas m'avoir parlé de Brandon plus tôt. Je te demande de m'excuser si mes mots ont pu te blesser. Tu avais raison. Ce n'était pas juste de ma part de réagir ainsi. Tout au long de cette année, tu m'as soutenue. Tu as été mon ami… et ton amitié est la seule qui compte à mes yeux. Je crois que j'avais besoin de temps pour l'admettre, pour réfléchir à tout ça. À ma place, tu aurais sans doute trouvé quelque chose de poétique à dire. Malheureusement, je n'ai pas ta facilité avec les mots. Ce que j'essaie de te faire comprendre, c'est que tout est oublié, tout est pardonné… même s'il n'y avait rien à pardonner à la base. Au contraire, c'est moi qui devrais te demander pardon. Je viendrai chez toi ce soir à 19 h 30 précises. Si tu ouvres la porte, je saurai que tu ressens la même chose et qu'on peut redevenir amis. Si tu ne réponds pas, je ne t'embêterai plus jamais. Merci pour tout.

Alice.

— Il faut que je t'explique…, commence Kurt, mais je l'interromps.

— Il n'y a rien à expliquer, Kurt, lui dis-je. Franchement.

Je remarque qu'il a une cicatrice sur le genou. Je ne l'avais jamais vue. Il faudra que je lui demande comment il se l'est faite, plus tard. Tout à coup, il y a des millions de choses que je veux savoir à propos de Kurt Morelli.

— Je veux que tu saches que je suis vraiment désolée pour tout…

— J'ai lu ton mot, tu te rappelles ? me demande-t-il.

Cette fois, c'est lui qui me coupe.

— Ça m'a manqué de passer du temps avec toi, Alice. Terriblement.

— Tu m'as manqué aussi, dis-je. Toi et ton vocabulaire, bien sûr.

— Terriblement ? demande-t-il d'un air taquin.

— Oh oui, terriblement.

Je crois que j'ai des sentiments pour Kurt Morelli. J'ai commencé à m'en rendre compte quand je me suis assise à une table pour lui écrire ce message. Ou peut-être même pendant ces semaines horribles où l'on n'était plus amis. À moins que ça ne soit en parlant avec Elaine O'Dea. Peut-être que je ne sais plus quand ça a commencé. Peut-être que c'est comme la chaleur estivale à Healy. Elle arrive de façon tellement progressive qu'on ne se rend pas compte qu'elle s'est installée avant de se réveiller un matin, avec trente-huit degrés au thermomètre. On a l'impression que c'est arrivé du jour au lendemain, mais avec le recul, on s'aperçoit qu'il s'agit d'une lente évolution.

Je pense que ça s'est passé comme ça entre Kurt et moi.

Comme je sais qu'il ne fera rien, je lui prends la main. J'aime la façon dont ses doigts s'entremêlent aux miens, comme si on s'était déjà pris la main des centaines de fois. Par contre, la force de sa poigne me surprend, ainsi que la rapidité à laquelle bat mon cœur. On reste assis ainsi en silence, dans la douceur du soir, entourés par le chant rassurant des cigales.

— Merci d'être là, Kurt.

— Merci Alice. Pour la même raison, répond-il d'une voix qui est presque un murmure.

Puis, il me regarde d'un air doux et ses lèvres s'étirent en un beau sourire chaleureux.

C'est le genre de sourire auquel on peut faire toute confiance. Le genre de sourire qu'on ne se lasse pas de voir. Le genre de sourire que l'on arbore quand on est plus fort que tout.

Kurt Morelli est plus fort que tout.

Et un jour, je le serai aussi.

Remerciements

Un énorme merci à mon incroyable agent Sarah LaPolla pour tout ce qu'elle a fait pour moi. Ce coup de téléphone sur la plage a changé ma vie et rien de tout ça ne serait arrivé sans tes conseils, ton soutien et ta capacité à supporter mes névroses. Je te dois beaucoup.

Merci également à Nathan Bransford de m'avoir donné ma chance, à Sonya Sones de m'avoir encouragée et à Liz Peterson d'avoir lu les premières épreuves et de les avoir corrigées avec soin. Merci à tous les employés de Roaring Brook Press, en particulier Nancy Mercado, mon éditrice, dont le coup de stylo est juste et doux. Merci à ma mère, mon père, mon frère Christopher et ma sœur Stéphanie pour m'avoir considérée comme un auteur bien avant tout le monde.

Enfin, merci à Kevin qui a essuyé les refus avec moi et qui a été présent lors des corrections tout en me prêtant une oreille attentive jusque tard dans la nuit. Mon amour pour toi et pour Elliot est aussi grand que le Texas.

Découvrez en exclusivité un extrait de
Sous la même étoile **de Kelley York**
à paraître en juin 2016

KELLEY YORK

SOUS LA MÊME ÉTOILE

Traduit de l'américain par Laurence Richard

Titre original : *Made of Stars*

HUNTER

Lors de notre première rencontre, Chance Harvey jouait avec des poupées Barbie. Pas à les habiller, non. Il en avait accroché une par les chevilles au bout d'une canne à pêche et la remontait au moulinet du ruisseau qui coulait derrière la maison de notre père. Même à huit ans, ma demi-sœur Ashlin et moi avions trouvé cela bizarre.

Se tournant vers nous, il nous avait fixés de ses yeux verts, ronds comme des billes, en contraste total avec sa physionomie. À force de ramper sur les talus qui bordaient le ruisseau, il était couvert d'herbe et de boue et, les joues striées de peinture de camouflage, il nous avait regardés comme si les plus bizarres, c'étaient *nous*.

— Vous êtes qui ? avait-il demandé.

C'était une demi-portion, plus proche en taille d'Ash que de moi, et je savais que j'aurais pu avoir facilement le dessus s'il s'était mis en tête de nous chercher des noises.

— C'est la maison de mon père, avais-je déclaré, sourcils froncés, en désignant le toit que l'on discernait à travers les arbres. Et cette partie du ruisseau est à *lui*. Il est flic, et tu vas avoir des problèmes si je lui dis que tu es là.

A posteriori, j'ignore quel besoin j'avais eu alors de me montrer si méchant. Je n'étais qu'un gamin, et j'imagine que jouer les durs m'avait semblé être la chose à faire, surtout devant ma sœur. Mais Chance, à ma grande frustration, n'avait pas paru impressionné par ma menace, et il s'était contenté de nous tourner de nouveau le dos.

— Laisse-moi finir ; après, je partirai.

J'avais croisé les bras, attendant qu'il déguerpisse, quand Ashlin s'était écriée de sa petite voix de souris :

— Tu fais quoi ?

Regardant par-dessus son épaule, Chance lui avait adressé un sourire en coin, comme s'il n'avait attendu qu'une chose, que l'un de nous lui pose cette question.

— Ça se voit pas ? Je suis en pleine opération de sauvetage.

Les yeux écarquillés, Ash s'était approchée.

— Tu sauves qui ? Barbie ?

Chance s'était relevé, et, redressant le dos, avait posé la main sur sa hanche. Je me souviens m'être dit que ce simple geste suffisait à le faire paraître plus adulte que nous.

— Ouais ! Mais le problème, c'est qu'il y en a tellement là-dedans que je sais pas par où commencer. Tu me files un coup de main ?

Ma sœur n'avait pas même attendu mon avis. Passant devant moi, elle s'était précipitée dans sa robe d'été et ses baskets tachées d'herbe, puis s'était accroupie près de Chance qui avait alors entrepris de lui donner des instructions précises. Bien que s'adressant à Ash, jamais il ne m'avait quitté des yeux.

C'était ainsi que tout avait commencé. En repêchant des poupées Barbie du ruisseau.

NOVEMBRE

HUNTER

Depuis que j'ai eu cinq ans, nous avons passé les étés chez notre père. Tous les ans, à la fin de l'année scolaire, Ash, qui habitait avec sa mère sur la côte Ouest, prenait l'avion pour Otter's Rest, dans le Maine, tandis que moi, on me mettait simplement dans un car ou dans un train, car j'habitais avec la mienne à l'autre bout de l'État.

Et, quand nous arrivions, Chance était là à nous attendre.

— C'est pas trop tôt ! s'exclamait-il, debout sous notre véranda, mains sur les hanches, pieds nus, cheveux ébouriffés, ses grosses lunettes sur le nez.

Je serais bien incapable de vous dire où Chance habitait, quelle école il fréquentait, ou comment s'appelaient ses parents. Mais je pourrais vous dire quelle était sa glace préférée, la façon dont il la dégustait (parfum « rocky road », chocolat, guimauve et noisettes, en retirant les morceaux de noisette et la guimauve pour les manger en dernier), qu'il connaissait par cœur toutes les paroles de Queen, qu'il avait un faible pour les animaux ainsi que pour les mélos qui lui faisaient monter les larmes aux yeux.

Selon moi, je connaissais de Chance tout ce qui importait vraiment. Chance était l'étrangeté et la fantaisie incarnées. Il était notre ami, à Ashlin et à moi, un ami à nul autre pareil.

Chance *était* notre été.

Nous ne le voyions ni ne lui parlions de tout l'hiver, mais quand nous arrivions, nous nous retrouvions comme si nous n'avions jamais été séparés. Sept années durant, tout ce qui me faisait tenir pendant ces interminables journées d'école et ma vie monotone avec ma mère et son copain était la perspective du jour où je pourrais enfin partir retrouver Chance.

C'est la première fois depuis mes quinze ans que je suis chez mon père pour plus de quelques jours, et je sais qu'en deux ans quantité de choses peuvent changer. J'ai dû batailler avec ma mère pour qu'elle me laisse partir : elle voulait que je m'inscrive en fac et, moi, je voulais prendre une année sabbatique. Pour la passer avec mon père. Avec Ashlin aussi. Pour penser à mon avenir. Et peut-être, simplement, pour revoir Chance.

C'est bizarre d'arriver avec toute cette neige fondue, de sentir l'air froid et humide. La maison de mon père, nichée à l'écart de la route, paraît différente, entourée de squelettes d'arbres au lieu de ce vert, partout.

Chance n'est pas là à m'attendre sous la véranda.

Bien sûr, je ne pensais pas l'y trouver ; comment aurait-il été au courant de mon arrivée ? Nous venions ici tous les étés, sans exception, jusqu'à ce que notre père, deux ans plus tôt, soit touché en service par une balle qui l'avait atteint à la colonne vertébrale ; pendant sa convalescence, on nous avait gardés chacun à nos domiciles respectifs. Loin de notre père, loin les uns des autres, loin de Chance, sans moyen de le contacter.

Je n'ai pas la moindre idée de l'endroit ou de la façon de le trouver. J'ignore où il habite, je n'ai pas son numéro de téléphone, je ne sais pas s'il a des amis en ville… Une fois, j'ai appelé les renseignements, mais je ne connaissais même pas les prénoms de ses parents. Quant à mon père, il n'était pas dans une forme physique qui lui aurait permis de mener un semblant d'enquête.

Lorsque Ashlin sera là, nous réfléchirons au moyen de le trouver. D'ici là, je passerai du temps dehors, peu importe le froid, même si j'ai les pieds gelés. Je resterai à le guetter et à attendre celui que je n'ai pas réussi à me sortir de la tête. Car Chance est ainsi fait. Il obsède les autres. Et même après son départ, il se rappelle à nous comme une douleur lancinante. Comme un souvenir chaleureux qui continue de se dérober.

Ashlin arrive le lendemain. Mon père et moi, nous nous entassons dans sa vieille fourgonnette pour le long trajet jusqu'à l'aéroport. Je n'ai pas vu ma demi-sœur depuis six mois.

Quand elle franchit la porte d'arrivée, je distingue le reste d'un hâle estival et des taches de rousseur sur son nez et ses joues. Avant, elle les détestait, jusqu'à ce que Chance lui dise que c'était mignon ; depuis, elle ne cherche plus à les camoufler sous du maquillage. Elle s'avance d'abord vers notre père et le serre délicatement dans ses bras. Un léger sourire rare naît sur les lèvres de notre père alors qu'il passe un bras autour d'elle, sans lâcher de l'autre la canne sur laquelle il s'appuie.

— Ma chérie, soupire-t-il. Tu m'as manqué.

— Tu changeras peut-être d'avis quand on aura passé plusieurs mois chez toi.

Ash s'écarte et se tourne vers moi.

— Salut, l'avorton ! lui dis-je affectueusement.

Ash me gratifie d'un sourire jusqu'aux oreilles et se jette à mon cou. Je n'ai jamais trouvé vraiment normal d'être éloigné d'elle et de notre père. C'est *ainsi* que les choses devaient être : moi, ma sœur, notre père, tous ensemble.

Il ne manque plus que Chance.

Au début Chance nous a posé des questions sur nos parents. Il savait que notre père était flic, que nous passions les étés ici avec lui. Mais il ne comprenait pas pourquoi, le reste de l'année, nous ne vivions pas avec la même mère. L'idée lui paraissait totalement incongrue. Pour nous, c'était aussi normal que la nuit succédant au jour.

— Notre père sortait avec ma mère, avais-je expliqué. Ils se sont disputés et ont rompu pendant une courte période, mais qui a suffi pour que mon père sorte avec quelqu'un d'autre…

Puis c'est devenu du grand n'importe quoi. Pour finir, mon père n'est resté avec aucune de ces deux femmes, mais a récolté deux enfants au passage. Peut-être s'est-il mal comporté avec nos mères respectives – comme elles se plaisent à nous le répéter –, mais il a toujours été un bon père. Il dit avoir du mal à considérer ses mauvais choix amoureux comme des erreurs, car c'est grâce à eux qu'il nous a, Ash et moi.

Je crois que je leur en ai voulu, au début. À lui et à Ashlin. Je les jugeais responsables des souffrances de ma mère et, par extension, des miennes. Mais il était difficile de continuer à leur en vouloir : mon père faisait tant d'efforts et Ash me comprenait tellement, parce qu'elle vivait la même chose. Soit, notre vie était peut-être bizarre, mais nous nous aimions. Pour nous, ça fonctionnait.

En revanche, la vie de Chance était un puzzle de mille pièces impossibles à assembler. Il nous racontait que ses parents partaient très souvent en déplacement professionnel, le laissant seul à la maison. Il avait donc cette liberté de nous retrouver tous les jours ou presque. Mais quand nous lui avons demandé son numéro de téléphone ou une adresse e-mail, il a rétorqué qu'il n'avait pas le droit de recevoir d'appels et que ses parents ne voulaient pas d'internet chez eux. Et aller à la bibliothèque pour lire ses e-mails était trop prise de tête.

Plus j'y pense, plus les choses qui, à l'époque, ne semblaient pas logiques paraissent encore moins cohérentes aujourd'hui.

Le soir de son arrivée, au dîner, Ash pose la question à notre père :

— Tu crois que tu pourrais demander à quelqu'un au poste de trouver l'adresse de Chance ? Parce que sinon, il ne saura jamais qu'on est là.

— Tu sais que je ne suis pas autorisé à solliciter ce type d'informations, répond-il sans relever la tête.

Pourtant, après une autre bouchée, il ajoute :

— Je vais voir ce que je peux faire.

Au moment d'aller me coucher, je prends quelques minutes pour appeler ma copine, Rachel. Depuis que nous sortons ensemble, c'est la première fois que nous sommes séparés pour une période aussi longue.

Elle semble heureuse de m'entendre, mais à cette heure tardive, je sais qu'elle est plongée dans ses révisions et qu'elle n'aura pas de temps à me consacrer.

— Je suis désolée, Hunter. Il faut vraiment que tu te débrouilles pour appeler à un autre moment. On peut se parler plus tard ? Tu me manques.

— Bien sûr. Toi aussi, tu me manques.

C'est la vérité, mais je n'irai pas jusqu'à dire que je renoncerais à être ici pour la voir. Rachel ne voulait pas que j'aille chez mon père, et nous nous sommes disputés sur le sujet pendant des semaines. Y repenser est encore douloureux. Venir ici... C'était vraiment *important*, et Rachel, ma mère, son copain... tous ont essayé de me retenir, insistant sur le fait que le plus important *maintenant* était d'aller à la fac.

Je raccroche et m'écroule dans mon lit. À mon arrivée, la première chose que j'ai faite, c'est déchirer les posters des vieux films et des groupes de musique, si datés que c'en était douloureux.

La carte du ciel luminescente au plafond de ma chambre est le seul élément de décoration que j'ai conservé. Un été, mon père et moi avions consacré beaucoup de temps à la déployer d'un bout à l'autre du plafond. Je n'avais pas le cœur de la retirer. Aujourd'hui encore, il y a quelque chose d'apaisant à suivre du doigt le tracé des constellations, quand les pensées bouillonnent dans ma tête au point que je ne suis plus capable de réfléchir correctement.

Ces constellations me rappellent les fois où Ash, Chance et moi contemplions le ciel, allongés sur la terrasse à l'arrière de la maison. Chance avait une histoire pour chaque constellation. La préférée d'Ash était Orion, car les trois étoiles qui formaient sa ceinture étaient les seules qu'elle parvenait à identifier toute seule. Chance, quant à lui, préférait la constellation du Dragon, plus insaisissable.

Il aimait les étoiles, et il aimait les dragons. Pour lui, cette constellation était une évidence. Il disait que sa mère l'avait emmené une fois dans un planétarium quand il était petit. C'était à ce moment-là qu'il était tombé amoureux du ciel nocturne.

Je pense à tout ce que j'ai voulu dire à Chance ces dernières années. Aux lettres que j'ai voulu lui écrire sans nulle part où les envoyer. Aux choses que je voulais lui demander sur sa vie au lycée, sur ce qu'il comptait faire après, ou s'il voudrait venir me rendre visite. Je tenait à ce qu'il sache à quel point il comptait. Pour moi. Pour Ash. Pour mon père. Et lui dire aussi que, quand cela avait été difficile pour moi il y a quelques années, c'était lui qui m'avait permis de tenir.

Je cherche la constellation du Dragon au plafond. Chance posait sa tête sur mon ventre, Ash la sienne sur celui de Chance, et il nous racontait la constellation du Dragon, enroulant autour de ses doigts une mèche des cheveux d'Ash. Une histoire pleine de dragons, de chevaliers et de princesses, à laquelle il ajoutait des sorcières et des fantômes. Je ne me souviens plus de l'histoire exacte, mais souvent je me suis endormi au son de sa voix murmurant secrets et contes de fées dans ma tête.

Ouvrage composé par
FACOMPO - 14100 LISIEUX

Cet ouvrage a été imprimé
en Espagne par

Industria Grafica Cayfosa
(Impresia Iberica)

Dépôt légal : février 2016

MIXTE
Papier issu de
sources responsables
FSC® C003309
FSC
www.fsc.org

Pocket Jeunesse, une marque d'Univers Poche,
est un éditeur qui s'engage pour
la préservation de son environnement
et qui utilise du papier fabriqué à partir
de bois provenant de forêts gérées
de manière responsable.

PKJ•
www.pocketjeunesse.fr
POCKET JEUNESSE

12, avenue d'Italie – 75627 PARIS Cedex 13